U0122804

詩意空間

黃坤堯

《詩意空間》序

黃坤堯

詩羽雲裳

詩羽雲裳拂鳳毛。幾回東海釣金鰲。

銀河擬訪瓊花客，風雨迷離逐浪高。

江天寥廓

江天寥廓闊鴻蒙。幽樹洪荒入剎中。

溪水澄藍芳草碧，橫塘雨露湛仙風。

　　詩是我生活的一部分。早年讀詩學詩，十分隨意。後來在學校工作，很多時候也會講詩改詩，甚至參與公開活動，評詩論詩。因此在漫長的人生旅途上，也就構成個人的詩意空間，既是興趣，也是身影。

　　詩是一種精鍊的語言，言簡意賅，方便迅捷，三言兩語就可以表達當下的感覺，容易獲得很大的滿足感，引發共鳴。詩也是一種彈性的語言，通過形象表達出來，豐富想像，有時還可以帶出言外之意，感人更深了。讀者明白的，人間有情，同氣連枝，拈花微笑；讀者不理解的，有時勉強不來，不妨留下一些懸想空間，以待後緣了。很多時候，詩也是最寂寞的行業，只能享受孤獨自處，在天人交感中，散落於荒原之外。有時詩中深藏另一個的自我，彼此面對，交流訊息，相互認知，以至於不期而遇，通過詩的語言，凝固於時空之中。

　　《詩意空間》詩文合寫，構成短篇小品，以感性為主，唯美

i

是尚，或者可以謂之「現代詩話」、「學詩心得」。本書分為兩輯：上輯《詩羽雲裳》，詩中的日子雲淡風輕，詩的羽毛翱翔於雲霄天際，雲想衣裳花想容，畫眉深淺，濃妝淡抹，描畫入時，自然顯出雍容的貴氣，智慧與美貌並重。用諧聲字來說，「詩語云常」，也就換成了當代的食字遊戲，當時只道是尋常，一切風平浪靜，很快就消失得無影無蹤，好像甚麼都沒有發生過似的。《詩羽雲裳》編織詩網，也是個人的「詩路歷程」，化成追憶的文本。下輯《江天寥廓》，換另一個名字也可以謂之「詩路多途」，時而參讀前輩高人的作品，吸納聲情意境；或者通過詩友的交流互動，深化生活體驗；有時更從學生的習作中，感受創意思維。詩學並沒有任何途轍可循，我們只能走一條自我的路。在寥廓的江天中守候，流淌著四時雲影，尋覓相遇的喜悅。

　　過去曾在《文匯報》寫過「詩詞漫步」的專欄，由1994年1月1日至1997年10月30日，歷時三年零十個月，閱得1077篇，統計483737字。後來按內容加以整理，編為「詩詞漫步」、「滄海樓高」、「香江詩話」、「濠海風雲」、「粵海芳華」、「海納百川」、「神州光燦」、「清懷說詩」、「古典詩情」、「詞與生活」、「現代新詩」、「古今歌曲」十二單元，歷覽當代港澳、臺海、大陸及海外作品，包括古典詩詞、新詩、流行歌曲等。後來忙於其他工作，也就擱置下來，未作理會。現在重新選錄若干篇章，輕裝上道，略加補充訂正，基本的改動不大，依舊保存二十多年前的情懷心態，並非今日之我。上輯《詩羽雲裳》錄114篇，下輯《江天寥廓》輯115篇，共選229篇。本書只是一些零碎的雜感，缺乏體系可言，想到就寫，點到即止。詩路悠長，風絮飄飛，雪泥鴻爪，迴立蒼茫，彙為一集，竟然也能鑄成新穎的感覺，構成個人的城市詩觀，以及在詩意空間裏流淌過的記認。

目　錄

詩羽雲裳

江天寥廓

城市詩觀

香港是一個充滿活力的城市,活力呈現於急速的節奏與龐大的財富當中。財富就是金錢,趕車趕路,投注投資,移山填海,分秒必爭。每個人都在紅塵綠靄中匆匆走過,整個城市的面貌不斷迅速的整合變換。歲去年來,春秋代序,卜公碼頭拆卸了,中環廣場頂層的劍氣直沖牛斗;卡拉 OK 激光舞影侵蝕了城市人空虛的角落,黑社會的血腥鏡頭在銀幕中似曾相識;聖誕燈飾悄悄帶來一股人間的溫馨,郊野公園青山綠水長在長流。驀然回首,燈火闌珊,一杯清茶,一輪皓月,維多利亞港的海霞幻化不定,一念乍起一念乍滅,書卷靈明照徹了三千法界。人性未泯,詩心長健。

一流的文學必然是一種創作,要創作就得像神創造宇宙萬物一樣獨一無二。香港的詩歌撤出了田園,開上了高速公路,異卉靈芝,色香秀絕。當代香港的詩歌除了小本經營的舊詩、新詩以外,還有一種由大公司傾力包裝製作的粵語流行歌曲,這才是最地道的香港特產。新一代的城市詩觀首先要摘掉傳統的有色眼鏡,給粵語流行歌詞在香港詩壇上一個應有的位置,鼓勵創作。

詩的感性

　　中學的時候，胡亂地讀了一些唐詩宋詞，連平仄對偶押韻格律全都一竅不通，唯一只有興趣，風花雪月，無病呻吟。

　　大學先是跟同學學會平仄，粵語人對掌握平仄總比國語人優勝，平上去入跟《廣韻》時代差不多，記平水韻可就困難了，然而有書可查。詩選課是汪中（1926-2010）老師教的，講課的內容差不多全都忘了；但老師講詩的神韻倒是歷久常新的，他輕搖紙扇，一口江南濃濃的鄉音很容易就把學生帶入盛唐古國中去，那是一個觸目紛繁的感官世界。詩不宜解，只宜讀，讀得多了自然感覺有詩味出來，那就不必怎麼教了。有人說汪老師坐在講臺上就是一首詩，看來真是我的福氣。晚間我去旁聽李漁叔（1905-1972）老師的詩選課，李老師專講詩律典故，深化意境；下課後古樹婆娑，我陪老師走過一條條僻靜的道路，幽深曲折，直探詩心；我曾經寫過一句「一路寒花撲我身」，應該就是菩提樹下證道之作。那時還在校外認識一位落魄江湖的高永嘉先生，在西門町南美咖啡店教我讀詞談詞改詞，期以一年有成，結果也見功效。從此我就跟詩詞結下了不解之緣，永遠都有那種感性。

詩路多途

詩路多途，有容乃大。不同的創作，不同的風格，匯聚眾流，旁參比美，聲氣相通，才能蔚成一代的美學。一個人唱不成獨腳戲，一定要有大批人投入寫作始成氣候。

龔鵬程（1956-　　）在〈充實知識〉一文中說有些人寫詩而不懂詩：「大多的情形，卻來自不了解文學知識之性質，誤以為擁有了其他的知識，也就當然能夠了解文學，忽略了要誇越異質的知識時，所需要付出的努力。」龔鵬程這番話主要是批評陳新雄（1935-2012）教授以研究《廣韻》的方式去研讀東坡詩，正襟危坐，以毛筆圈點蘇詩，歸納韻腳，偶然還詩興大發。龔鵬程認為這些只能是學問，卻不是文學，更不是詩。龔鵬程的說話可能犯了三個錯誤：一、異質的知識絕不影響作詩，所謂詩的工夫來於詩外，有時真的要站在詩外才更能看清楚詩的本質。二、龔君把詩推到一個牛角尖去，失卻了生活的基礎，缺乏廣博的知識和興趣。三、陳教授詩寫得好不好見仁見智，但絕不能剝奪別人寫詩的權利。陳教授答云：「莫云才賦由天限，應識工夫逐日強。人一能時我千百，雞鳴風雨自難量。」須知天分絕不可恃，努力最實在。

重陽登泰山

1993年重陽節的前一天，香港作家訪問團一行九人抵達泰山山腳，住進泰山賓館。《泰安日報》劉樹信（1940-　）社長給我們介紹泰安市的市政建設、治安教育及環保綠化諸端，都在全國佔有領先的地位。振聾發瞶，耳目一新，當晚立即寫下〈八日飲泰山賓館〉一詩：

泰山山腳綺筵開。八日迎陽我再來。

綠化植林河嶽穩，育苗施教棟樑材。

縱橫齊魯歌聲壯，浩蕩神靈鑾蹕回。

一席恭聆劉社長，松濤風雨響轟雷。

重陽登泰山，麗日清秋，風光秀媚；山色深淺紅綠，變化多端。中午坐索車下山，筆墨鋪張，要寫詩留在泰山的紀念冊上。我沒有準備，於是走出索道公司的露臺，面對傲徠峰，右邊仰望高高的南天門，索車凌雲來去。當時一群喜鵲飛過，我先得第四句寫眼前景，跟著得第三句應節，有了韻腳，舉頭對著南天門很快就寫下第一句，然後依杜甫（712-770）「一覽眾山小」句意改換視角。合起來剛好是一幅畫面，大抵也就是江山之助了。詩云：

南天門峙仰高秋。索道凌雲一覽收。

麗日重陽風景逸，翩翩喜鵲傲徠遊。

北京文天祥祠

文天祥（1236-1283）兵敗被俘，在獄中寫下了千古傳誦的〈正氣歌〉。那個囚禁文天祥以一敵七的土牢還在北京，也就是位於東城區交道口南府學胡同六十三號的文丞相祠了。屋裏有一口古井，井旁有一棵棗樹，相傳是文天祥手植。棗樹枝葉都朝著南方，大概也象徵了文天祥對國家民族不死的忠心。

文丞相祠日久失修，要向海內外同胞募捐修葺。香港新田文氏答應捐出港幣五十多萬，其中十七萬元已於 1993 年 8 月送抵北京，當時東城區副區長曾經主持了一個捐款儀式，電視也有錄播；其後東城區文化文物局更隨即成立了修繕小組，希望能早日展開工作。

1992 年我曾經寫過〈水調歌頭〉「府學胡同謁文丞相祠」一詞：

歲暮改河嶽，正氣凜千秋。丹心難釋長憾，無限古今愁。最是勤王兵破，賴有貞魂不死，碧血薦神州。慷慨殉柴市，嘯傲振滄洲。　土牢下，府學巷，謁衣裘。棗酸親炙悲苦，囚室久淹留。多少丞相遺澤，展望風波奇詭，華夏願無憂。有葉皆南向，騰越最高樓。

快樂小詩人

　　小學生可以寫詩嗎？1993 年 4 月 11 日星期日，臺灣高雄市社會局兒童福利服務中心及古典詩學研究會假國立中山大學聯合主辦了一次「快樂小詩人活動　千人一日學詩營」。全營分二十五班，小一也可以參加。

　　課程分六節：一、詩韻入門；二、分清楚平仄；三、踏進古典詩的第一步；四、怎樣完成一首詩；五、創作一首詩；六、彩繪作品。

　　首先學用《袖珍詩韻》，認識上平聲及下平聲的三十韻目，並用臺語區別真韻和侵韻。平仄一般可依國語來分，另用臺語分辨入聲，而注音符號ㄅㄆㄍㄐㄓㄗ〔普通話 b、d、g、j、zh、z〕聲母讀第二聲的也一定是入聲字。跟著學習句式，五言詩上二下三，七言詩上四下三，注意怎樣把一個動詞放在詩句的中間。第四節學章法，第一、二句照題目意思描寫一幅畫面，第三、四句在畫面中找出一個點作為重點，完成這首詩。創作時先向老師抽題目，決定韻腳和體裁，低年級寫五絕，高年級寫七絕。然後照題意設計畫面，寫成短文，再整理成詩，檢查平仄押韻，必要時老師可以幫忙。最後是繪畫及塗上顏色，詩畫雙輝，增加美感。

古典詩學研究會

多年沒有見簡錦松（1954-　）了，只知道他在高雄創辦了古典詩學研究會。沒想到經過多年的經營，這個學會已經成了高雄的市民學苑。簡錦松將古典詩社會化，大眾化；培訓教師隊伍，向小學生傳詩，向臺東、屏東送詩。就像一股涓涓的清流，滋潤古老的詩國。

1993 年 11 月在國立中山大學出席清代國際學術研討會時，突然簡錦松一襲長衫布鞋的飄到我的面前，他要領我去看他的古典詩學會。學會在海邊路六十五號四樓之五，地方約兩三千呎，在充滿書香的休閒大廳裏，大家隨意的看書喝茶。學會有兩個教室，一個是創作室，掛滿小朋友的詩畫作品；一個隨時可以鋪上榻榻米，改裝成三四十人的臥室，去年暑假他們就曾舉辦了十四梯次的「小詩人夏令歡樂營」，每次三天，就可以寫出像樣的五、七言絕句了。自從簡錦松的太太因交通意外喪生後，除了騎單車到中山大學上課外，他就以學會為家，捐出房子及薪金，成立古典詩學文教基金會，為推廣古典詩而努力。而且難得的還有一班義工長期出錢出力的支持他，連市政府也要找他合作主辦文化活動了。

伯元花甲

1994 年 3 月 13 日是陳新雄教授的六秩壽慶，同門假臺北市福華飯店舉行祝壽餐會，出版學術論文集，並製作銀盾及紀念品。感念師恩，同心善禱，鬱鬱蒼蒼，氤氳佳氣。際此青春吉日，我也寫了一闋〈水龍吟〉為伯元夫子壽。

> 嵩雲佳氣呈祥，春風涼靄繁霜墜。芳菲競豔，青蔥裁錦，流霞綺思。追琢文林，壅培詞苑，微言深閟。更論聲析韻，抄書暴富，振高鐸，人驚起。　喜見斗回周甲，慶今朝壽康眉綴。蒼松挺秀，孤標江表，金甌補碎。膏雨停雲，裁成桃李，高山流水。愴時艱莽莽，河山萬里，有英雄淚。

此詞上片先寫春天喜氣；「追琢」即雕琢，出《詩經‧棫樸》「追琢其章」，指伯元師的詩文創作，微言大義；先生固以聲韻名家，抄書句出蘇軾（1037-1101）〈與程秀才書〉：「兒子到此，抄得《唐書》一部，又借得《前漢》欲抄，若了此二書，便是窮兒暴富也。呵呵，老拙亦欲為此，而目昏心疲，不能自苦，故樂以此告壯者爾。」此亦伯元師一貫的教學主張。下片祝壽，王靜芝（1916-2002）教授嘗繪「春山瑞松圖」以贈。結言教育事業之重要，莽莽神州，更添殷切。

《香江煙雨集》

　　1981 年，陳新雄教授來港任教浸會學院中文系，越一年返臺，輯成《香江煙雨集》，1985 年由臺北學海出版。何敬群（1903-1983）、汪中、張夢機（1941-2010）諸先生撰序。何敬群以發揚江西詩風相許，「君詩即景生情，遊方之外；遺形寫意，筆墨淋漓。而香江山海樓臺，四時成歲之地，則正在煙雨迷離之中。」汪中稱「師友之誼，展卷慨然，而栖栖海角，又不勝神州陸沈之戚矣。」蓋當時臺灣公教人員不能前赴大陸，輾轉尋親，香江聚首。集中有〈與舍妹闊別三十年，近傳訊息，仍在世間，感賦二律以紀之〉云：

> 卅年生死兩茫茫。每念親情欲斷腸。
>
> 海外來音傳遠訊，夜間求夢到高堂。
>
> 鴒原急難思無盡，白日看雲意豈忘。
>
> 陟彼屺岡悲不已，久勞瞻望淚浪浪。（其一）

> 兒時百態記猶新。手足情深分外親。
>
> 弔影昔傷淪火宅，尋根今欲覓天倫。
>
> 卅年悲苦艱難甚，萬里迂迴信息臻。
>
> 何日重逢勞遠夢，臨風懷想淚橫陳。（其二）

　　迂迴得信，一往情深。張夢機更以真詩許之，因云：「字字出於胸臆，絕無浮夸虛飾之弊，然則此非真詩而何？」

性情與詩

　　伯元師性情中人，胸懷磊落；但昏昏俗世，難以苟合，是非愈明，痛苦愈甚。其〈初謁涂丈公遂〉詩云：「蒼松翠柏堅貞節，勃鬱盤根自不群。」題贈之作，亦所以抒志節也。

　　陳新雄《香江煙雨集》深於人情，尤以師生之誼，全始全終，彌足感人。集中首唱即為〈赴港講學上景伊師三首〉，其一云：

鵬翼摶扶南海去，追維訓誨實難忘。

尋今能得逍遙樂，緣昔曾叨雨露光。

白雪雖教春事晚，貞松益勵歲寒蒼。

心香一瓣無窮意，永念師恩日月長。

　　情辭懇切，不假修飾，一切成就，端賴師恩培育。伯元師以身示教，足為天下典式。〈恭壽景伊師七秩晉三〉有句云：「地隔臺灣勞北望，潮連香港暫南耽。葵心向日仍如昔，媿未堂前伴酒酣。」呼息一氣，神明相感，師生之情有愈於骨肉者，信然。

　　林尹（1910-1983）教授仙逝，伯元師有〈恭挽景伊師〉二十七首，蓋合從遊二十七年之數。「愁覘藥飲發悲哦。劇痛恩師受折磨。兩眼相看知有意，可憐無語淚如波。」以拙辭寫探病，蒼天無語，痛徹心脾。

香江麗景

陳新雄《香江煙雨集》多寫香江麗景，如勒馬洲、萬佛寺、黃大仙廟、道風山、調景嶺、新娘潭、大嶼山、宋皇臺、太平山、長洲、蟠龍半島以至澳門等，均有紀遊之作。其〈香港黃大仙廟〉云：

> 相傳三教共祥煙。靈異真人降九天。
>
> 巍廟區分儒道釋，信徒競拜佛神仙。
>
> 求籤匐匍民相湧，博彩貪婪慾莫填。
>
> 富貴浮雲如孔聖，門庭冷落固當然。

此詩善寫風土民情，前四句實景，純是眼前所見；頸聯將求籤與博彩相連，顯出一種難以言說的蒙昧與關心。末聯筆鋒又轉，突然擺出孔子（551-479B.C.）的冷落，與世不侔，同時也有強烈的自嘲意味。其他寫沙田第一城的暴雨也很傳神。

伯元師詩中多寫香江學界人物，例如何敬群、汪經昌（1910-1985）、陳耀南（1941-　）、涂公遂（1905-1991）、蘇文擢（1921-1997）、曾錦漳、羅思美（?-2020）、楊昆岡、何文華等，其中尤以跟韋金滿（1944-2013）唱和聯句最多，亦足見一時之樂。〈歲暮有懷曾主任幼川〉四首之三云：

> 一樽曾與子同攜。到府令郎笑語低。
>
> 問我別來何最憶，君家風味臘腸雞。

洋溢生活氣息，十分親切。

悼周神父

周國祥神父於 1994 年 3 月 20 日逝世，葬於澳門司鐸墳場，聽了心情十分難過。回澳路過崗頂聖奧斯定堂，門庭依舊，一切都很熟悉，但高樓四起，周圍泊滿汽車，難免會有點陌生化的感覺。當時口占兩詩，腦海中不斷地播出一些逝去的影像。

崗頂神壇風景殊。耶穌會士亦鴻儒。

微聞雅樂鈞天奏，導引扶遙舞步趨。（其一）

接引頑童到利中。修成德業劍如虹。

春風桃李人間色，三十年來淑氣融。（其二）

1927 年 7 月 15 日，周神父出生於上海的公教家庭，1958 年在菲律賓晉鐸升為神父。其後到澳門工作，任教利瑪竇中學。我是在 1962 年認識周神父的，他叫我到利瑪竇中學讀書。利中學風嚴謹，我開始感到功課壓力，同時也找到用力的方向。畢業後與周神父見面的時間不多，未幾他也轉到教區工作；但每次見面總有談不完的回憶和話題。中國耶穌會士自利瑪竇神父（Matteo Ricci, 1552-1610）以來就對傳統學術和西方科學都有濃厚的興趣，重視儒學；周神父為溝通中西文化奉獻了他的一生，死亡其實也就是休息，回到天父的身邊，鈞天樂奏，滿心歡喜。

重過珠海

1994 年 4 月 27 日，中國寫作學會假珠海銀坑老幹部療養所舉行第八屆年會，我有幸應邀出席了開幕典禮。珠海近在咫尺，從澳門走路過去，飲茶買菜，十分方便，早已成了澳門市民的生活習慣。不過我很少到珠海去，第一次匆匆過路，到現在也有十五年了。過去對珠海的印象十分模糊，藍天碧海，田疇翠綠，轉彎抹角，一派漁村景色。現在珠海已經變身為花園城市，道路整潔寬闊，高樓櫛次麟比，城市規劃比較嚴謹，綠化成績也很出色。巨人大廈即將拔地而起，屯珠大橋栩栩如生，甚至還要西出台山，時代的步伐急風驟雨，調子迅速。

十五年來憶舊遊。蠔村蟹火漾輕舟。

長橋巨艦浮滄海，大道瓊樓繫遠洲。

山樹清風濤韻壯，水雲金露夕嵐幽。

比來寫作聆新論，直指真源天地道。

開幕典禮在下午四時舉行，會場背倚浩瀚的伶仃洋，陣陣海風從四面八方撞擊而來，驅除暑氣。十五年其實也是珠海成立特區及寫作學會創會的日子，一切的歷史似乎都從八十年代算起，真是富於象徵意義了。其實寫作並沒有甚麼秘密可言，我們得學習從說真話開始。

曾永義的彩夢

　　1991 年，曾永義（1941-　）教授來港講學。臨走的時候，我們以一豬一魚為他餞行，豬是乳豬，魚是大蘇眉，結果飲飽食醉，興盡而歸。我有一闋〈雨中花慢〉專紀其事。

　　回首香江遊興，載酒呼朋，過眼雲煙。最是醉鄉嫌短，浪擲千錢。寒雨昏燈，長街小巷，飲盡豪園。信悟得妙韻，呼呼渴睡，彩夢流連。　山河微恙，青蒼時滅，臺北不比從前。金滿地、繁華堪換，換了天然。佳侶陽明高會，山光淡蕩芳妍。人間憂思，歡愉恨少，樂聚年年。

　　曾教授是戲曲專家，推動兩岸的曲運，不遺餘力。他把臺灣的歌仔戲、布袋戲帶往全世界表演，又把上海的崑曲帶來臺北，神龍見首不見尾的，出沒無常。曾教授好飲酒，還在臺北成立了一個酒黨。同時他又是性情中人，所到之處，呼朋引伴，一定熱鬧。上片寫餞行那天，他醉後橫躺在我的車上，呼呼渴睡，下車時還要勞駕漂亮的小姐同事幫他穿鞋子，真有酒黨主席的豪邁氣概。下片是我到了臺北，參觀了曾太太陳媛主管的故宮博物館近代藝術館，再上陽明山吃山宴，山光淡蕩，雲霞明滅，另有情趣。

酒黨黨歌

臺北有一個酒黨，不問人間是非，只管人間愉快。天下嗜酒人多，酒黨雖沒有向政府登記，但黨員之多，海內外極享盛名。酒黨沒有黨員登記，大家隨時加入，隨意退出。酒黨當然以酒為唯一的飲料，但不想飲的也不必勉強，唯酒無量，不及於亂。酒黨黨員多的是文人雅士，在 1987 年的一次聚會中，大家酒興遄飛，要創作酒黨黨歌。詩人瘂弦（王慶麟，1932-　）先寫下頭三句，再由黨魁曾永義即席續成一首，後來譜成樂曲，前後共有五個版本，任大家選唱。

酒是我們唯一的飲料，酒是黃河浪，酒是錢塘潮。酒是洞庭水，酒是長江嘯。黃河滾滾，錢塘浩浩。洞庭渺渺。長江滔滔。滾滾浩浩。渺渺滔滔。滔滔滾滾，浩浩渺渺。一氣瀰漫了太平洋的波濤。

瘂弦以黃河浪比紹興酒，以錢塘潮喻啤酒，起首三句氣勢雄渾，氣宇不凡。曾永義增多兩句，使詞意更加圓融，洞庭水喻酒色，長江嘯寫聲情，山風海雨，天地振動。第二、三節以疊字鋪寫酒意和境界，鋪天覆地，萬馬奔騰，非常壯麗。末句一氣瀰漫，覆蓋了太平洋，飛揚跋扈，慷慨淋漓。

飛揚跋扈酒杯中

曾永義精研戲曲，領導藝壇；近十年兼寫散文，思捷情濃，表現豪邁的個性。曾永義寫詩不多，偶然寫作，據說亦少留稿，他在《飛揚跋扈酒杯中》留詩兩首，亦足以表現他的意興。性情任真，脫略凡俗，隨意皆成詩境。有些人裝腔作勢，只得一個架子而已。曾永義〈五十開一感懷〉云：

忽然五十鬢霜風。莫道華年志氣雄。

展轉無何竿影裏，飛揚跋扈酒杯中。

文章瀝血虛堂話，學術殫心微路庸。

肯與莊生論人世，沖天一嘯望飛鴻。

詩意雄豪，表現出他的個性。年近半百，感慨滋多，自然不同於少年任性的日子了。次聯直是個人的寫照，曾永義好釣魚，就是來香港教書，也會帶備魚具，有一次釣無可釣，竟在薄扶林水塘裏釣到了烏龜。「飛揚跋扈酒杯中」更是他一生的豪興所繫，別人很難有他的酒量；加以他酒德好，酒興高，酒趣濃，所以很多朋友都歸順於酒黨的旗幟之下。頸聯作者自知「庸」字出韻，但他不肯依從傳統的規定改韻害意。頸聯故作低調，目的是讓末聯更加振起，沖天一嘯，張揚個性。

曾永義的濃情

曾永義的文章大聲鏜鞳，不擅寫婉約的兒女濃情。但在散文集《飛揚跋扈酒杯中》所附錄的一詩一詞中，竟然也強烈的坦露出個人的心聲；詞筆拙樸，出於自然，容易惹人好感。〈水調歌頭〉云：

> 憶昔見卿面，彷彿識平生。心魂從此縈繞，長望月空明。不道嫦娥顧我，肺腑肝膽朗照，指日作鴛盟。山水自環抱，千古證雙星。　攜素手，相並舉，步盈盈。秦樓弄玉蕭史，鸞鳳和銀笙。至意惟卿能解，身命惟卿堪託，奮志展鵬程。一嘯浩然氣，萬里海天青。

曾永義的夫人陳媛女士任職故宮博物院，專研近代民俗文物。此詞不啻是對妻子的一番剖白，也是一段最真實的心路歷程。「不道嫦娥顧我」一句，充滿了感恩之念。下片「至意」所解，「身命」所託，用語奇重。

曾永義嗜酒，陳媛自然不想丈夫多喝傷身，但她也同意丈夫「不喝傷心」之論，所以就借序文說：「我欣賞永義行文落筆的暢快，也同意他飛揚跋扈的痛快，更希望他和好友們有時稍作撙節，大家身心通泰。」情理通達，自然合度。

悼周法高教授

周法高教授於 1994 年 6 月 25 日晨在臺中東海大學寓所逝世，噩耗傳來，令人不勝悲悼。周教授的公祭於七月五日假臺中市榮民總醫院舉行，爰為詩一首，以誌哀思。

絳帳濃雲冷，悲風大度山。

隕星天際落，長夜淚痕潸。

夢渺神州路，枝開瀛海間。

明年重紐會，默禱簇神還。

周法高教授生於 1915 年，嘗任香港中文大學中文系講座教授兼中國文化研究所中國語言學研究中心主任。退休後執教於東海大學中文研究所。1974 年，我第一次報考中大研究院，面試的時候，周教授勉勵我讀好英文再考。雖然未能成功，但對於前輩學人的鼓勵還是十分感激的。其後周教授離港，我未能親受教益。但周教授最後還是審核我博士論文的考試委員。我的研究多與聲韻訓詁有關，所以周教授的著作還是經常翻閱的。1993 年 12 月，我曾赴東海大學大度山下謁見周教授。當時他提到 1995 年中央研究院會舉行重紐研討會。重紐是周教授在聲韻學上的重要發現，正有待進一步深入挖掘。重紐之會我也參加的，可惜再不能親聆周教授的訓誨了。學術的源流綿延不斷，也許這才是我們對周教授最好的獻禮和懷念。

增城掛綠

　　增城荔城鎮西園有一棵僅存的掛綠，樹齡數百年，樹幹矮小，枝葉婆娑，遠看像一個大蘑菇。屈大均（1630-1696）《廣東新語》云：「挂綠者，紅中有綠，或在於肩，或在於腹。綠十之四，紅十之六。以陽精深固，至秋而熟。生祇數十百株，易地即變。爽脆如梨，漿液不見。去殼懷之，三日不變。」荔枝節期間，荔城鎮王運才書記送給每位客人一個小盒子，裏面就有兩顆掛綠。他説這是接枝種出的第二代，而母樹的荔枝就更罕有了。大家珍而重之，細心觀賞，一彎暗綠環繞荔枝，似乎也不忍心吃下。文幸福（1949-　）即席有〈隨廖正亮太平紳士增城嘗掛綠〉詩云：

團團赤魘翠環瑩。掛綠金枝出荔城。

白雪清香蘇子醉，紅塵鐵騎嶺南情。

我也有一詩一詞以紀盛事：

一彎新綠點眉腮。丹鳳離離色笑開。

偶向華清池畔見，凝脂水滑洗凡胎。

〈鵲橋仙〉云：

炎風逗暑，荔香凝汗，午夢增江蕩漾。寒冰掛綠怯形單，呼鳳侶、人間天上。　狂雷疾雨，輕車駛電，今夜花魂奔放。浣花西子謫西園，攜絕色、五湖煙舫。

水災過後

　　1994 年 9 月 2 日的晚上，潘新安（1923-2015）在鑽石酒家設宴，宴請港、臺詩友。座中有文幸福、李鴻烈（1936-　）等，他們都是當代的名詩人，振筆豪邁，酒量驚人；此外蔡雄祥（1946-　）乃是臺灣的篆刻名家，陳樹衡（1948-2019）精於書法，詩、印亦是大家；他們本來也答應來的，後來來電說困於深圳的過關人龍中，叫我們不要等了。我們失去了一次歡聚的機會，十分可惜。座中談起今年的華南水災，災情慘酷，生靈塗炭，我們安居香港，當然很難理解。潘新安出示近作〈鮮舫小酌，時西潦大至〉云：

　　霪雨兼旬止，江波接碧霄。

　　終風休肆暴，夏日正添嬌。

　　巨壩洪能禦，三鄉水患消。

　　樓船容坐穩，一任去來潮。

　　潘丈在鄉間建了房子，他時常回去九江渡假。詩中先寫洪水滔滔。頷聯希望終風霪雨，得以止息。巨壩指北江大隄，今年作出了極大的貢獻，保衛了廣州市及三角洲的精華地帶。結尾寫災難過去，人力勝天。後來我也和詩一首，希望搞好水利建設，消弭水旱之災。

　　飄逸凌雲筆，長空破寂寥。

　　盃深維港悄，詩看九江嬌。

　　賦得危城穩，祓除水患消。

　　明朝過南海，秋穗蕩平潮。

遙祭趙潛

日前突然聽到趙潛逝世的消息，難過而又突兀。趙潛嗜酒，因此我們每次聚面，幾乎都圍繞著一班酒友。酒能傷身，人所共知。但酒也能助談鋒，逸興遄飛，也掏出了人與人的真誠。如果席中無酒，縱是滿桌佳餚，總會少了一些氣氛和興致。我認識趙潛，大約是十多年前由汪中老師來港講學開始，以後曾永義、黃錦鋐（1922-2012）、吳璵（1930-　）、韓復智（1930-2014）、邱燮友（1931-　）等老師來港，都是我們歡聚的機會。1994 年 4 月，林明德（1946-　）教授渡海招飲，高朋滿座，我們又大醉一場，沒想到竟是跟趙潛最後的見面。

趙潛是貴州人，他自然以茅臺為榮了。他在新亞研究所工作，來往的都是學界人物。趙潛性格隨和，慈靄可親。他來港四十年，粵語卻說得不好；1993 年我們同遊臺北，他的粵語成了我們取笑的對象，然而也不以為忤。1994 年暑假，他住進了醫院。據說情況還不太壞，我想最多戒酒算了，以後總有相見之期。後來拖拖拉拉的，頓成永訣。謹以小詩一首，聊表哀思。

世道飆塵轉，相知劫後身。

煙花遲醉夢，風雪未歸人。

烈酒傾懷抱，朱顏解養真。

茅臺憑遠莫，臨唁劇傷神。

小亞納生朝

這幾年的重陽節，很多時都會在北國渡過。1990年馳騁在漢城的高速公路上。1993年登泰山，還在中天門的索車站上題詩。1994年，我又來了京都。這三個地區緯度相若，秋色都十分璀璨。漢城的銀杏和紅葉令人驚豔，黃的深黃，紅的赤紅，一大片一大片的，瀟瀟灑灑，不留餘地，只有高傲碧藍的長空，萬里無雲，還可以分享一點秀色，不讓人間獨美。泰山的山色也很可觀，在漫山蒼翠的植被當中，冒出一叢一簇的金紅橙黃，斑斕奪目。相對於夏天漫山遍野的藍天綠海，泰山要在深秋才顯出特有的姿采和魅力。京都的秋色，深藏在古典的木構建築中，偶然傳來了蘇曼殊（1884-1918）幽怨的尺八簫聲，從晚清跨海而來，不期然勾起了一番濃烈的鄉思。

香港的秋色最沒有性格，除了可以穿長袖衫外，一年四季沒有甚麼分別。不過，香港有我最熟悉的人和事，在異鄉孤獨的日子中，咀嚼起來，竟也成了特別甜美的秋色。倚闌望月，遙寄小亞納一回圓夢。

尺八詩簫逸，相思雁影孤。

倚樓霜露白，含睇夕楓朱。

花月裁雲錦，歸心託玉壺。

生朝圓夢好，攜手邁江湖。

天邊鴻雁相思字

　　天空是最充滿浩渺遐想的地方。小時候很喜歡守著茫茫浩浩的珠江，仰望藍天白雲；四時日月，風雨晨昏，雲彩變幻無端，往往也就引發出無窮的想像了。詩是需要想像力的，要不斷的發揮感性。我很喜歡坐飛機，飛上飛落時看到的世界與平日不盡相同，好像都變成了微縮景區。在天空上飛，我們都做了神仙，大地在我們腳下，多麼神氣。日前在飛機上寫了一首〈蝶戀花〉云：

　　浮世東瀛圖一醉。飛上穹蒼，爭作神仙婿。煙靄風塵迷縣市。捫參歷井赤松子。　莽莽澄藍雲海地。紅葉櫻花，次第繁華帥。晴屋秋窗無箇事。天邊鴻雁相思字。

　　這一次由香港飛東京。上片寫神仙的飄逸感覺，回望塵寰縣市，惝恍迷離。有時我想把手伸出窗外，抓一把飛過的浮雲。赤松子登山求仙，大抵也是想捕捉星星去的。下片希望蒼茫的雲海中能綻放出櫻花紅葉，渲染彩色。結拍轉寫一股難以掩抑的思家情緒，晴屋秋窗，佳人大抵也會仰望星雲；飛機就像鴻雁一樣，守著班期飛行，在天空上譜出濃濃的相思之情。而天畔的雲彩則化成雁影，意境雙關。

珍珠流轉水晶盤

　　1994 年 10 月赴日本，住在大東文化大學的宿舍。其間也
參觀了很多所學府，例如東京大學的校園中深藏著江戶藩主草
木洪荒的育德園，綠意逼人；早稻田大學走過了一條百年的古
街，甲午風雲翻開了一頁頁傷痛的近代史。大東文化大學只有
七十年的歷史，相對來說就很年輕了。大東有兩個校區，老校
區在板橋，新校區在松山。板橋校區比較小，藏有很多中國的
古籍。松山校區就很大了，在東京郊外，花木蘢蔥。那天細雨
洵濛，一座座紅色的校舍錯落於丘陵地上，偎倚著綠水青山，
淒豔動人。大學給馬路分割開來，一邊在谷地，池沼蕩碧；一
邊則在山上，草色煙光。大學周圍都建有一條條架空的走廊過
道，我們在雲間穿梭來去，仙意翩翩。拙詞〈浣溪沙〉云：

> 細雨迷濛秋意寒。紅樓鏡水映江灘。迴廊曲繞路漫
> 漫。　花木蒙茸高坂校，珍珠流轉水晶盤。大東祭近樂
> 同歡。

　　詞寫校園雨中實景。高坂是電車站，與校舍之間有校巴來
往，老師優先上車。雨水匯流到校園中央的湖中，大珠小珠，
玉盤流轉。「祭」就是節日，大東祭即十一月的校慶，氣氛漸濃。

月映蓬萊秋渡

在日本，我先後探望了丁忱（1939-　）和梁曉虹（1956-　），故人無恙，自然高興。丁忱是武漢大學教授，他現在以交換教授的身分到創價大學做研究工作，為期一年。我們大概是十年前在富陽的訓詁學會上認識的，後來在武漢也見過面。他談起當前國內的物價飛漲，學術著作出版不易；但香港的學術環境更不理想，也不能給他甚麼幫忙，相對無奈。〈贈丁忱兄〉云：

富陽武漢與東京。十載緣牽兄弟情。

天寶開元增感慨，相逢創價黯秋聲。

梁曉虹原在北京語言文字應用研究所工作，專研佛教詞彙。現在她在名古屋南山大學研究宗教。那天晚上，她騎著自行車到地鐵站接我到她家中；重陽已過，明月漸圓，我們沿著長街步行了半小時，秋意生涼，邊走邊談，天南地北，十分愜意。在梁家又碰到了丁忱夫婦，他們也來了名古屋開會，住在梁家，當時正忙於做菜。〈漁父〉「夜訪梁曉虹」兩首云：

名古屋，南山去。秋月春風閒付。劇憐花果任飄零，難管盈虛常數。（其一）

名古屋，神思舉。佇聽松濤風雨。東南西北喜相逢，月映蓬萊秋渡。（其二）

明石海峽大橋

　　神戶是一個很乾淨的城市，連市內的電車都纖塵不染，
而市民亦以此自豪。到神戶外國語大學參觀，得太田齋先生引
路，順利進入圖書館，找到了很多材料。午飯後他還帶我們參
觀孫中山（1866-1925）的舊居移情閣。到了舞子，圍欄深閉，
沒想到神戶要建明石海峽大橋，移情閣也要遷館了。將來大概
只保留展品，故居則拆毀了。我們來晚了，有點可惜。所幸移
情閣旁邊建了一座展示館。我們乘坐旋轉的觀光電梯登高四
望，瀨戶內海及明石一帶的海色山光盡入眼底。〈行香子〉云：

> 明石寒川。淡路江灣。暢登臨高塔秋顏。重陽剛過，青鬢
> 螺鬟。對索橋長，斜陽外，海天間。　移情閣去，逸仙何
> 在，莽神州難覓情閒。危亡旦夕，風雨江山。有狂濤嘯，
> 濃雲卷，一舟還。

　　淡路島位於本州和四國之間，大橋賴以飛渡關山。現在大
橋的主塔已經建成，鋼線也拉開了，十分壯觀。上片寫海景，
下片則寫移情閣。遙想百年前的風雨江山，孫中山在這裏策劃
他的革命事業。明石大橋落成之後，它將是世界第一長橋，香
港的青馬大橋僅列第四。

奈良東大寺

　　一出奈良車站，就看到一幅平城京大地圖。東西兩邊山嶺綿綿，中間廣闊的大平地上開出了皇城及上百萬井水人家。城門馳道縱橫交錯，據說這也是唐代長安古城的縮影。現代的奈良則是寧靜悠閒的城市，道路狹窄，房舍古雅。距車站不遠就是奈良公園，麋鹿成群，很多遊人都會買鹿餅餵飼牠們。有時鹿群也會走出馬路，而汽車就得避開牠們。東大寺山水清幽；幾百個小學生圍著湖岸寫生，他們坐在樹蔭下，草地上，十分熱鬧。東大寺的原建築多次毀於兵火，僅留下了懷古模型，現在的廟宇是江戶時代重建的。山門紅漆剝落，早已還原為巍峨的木樓。大佛殿只得原廟的三分之二，但還是世界上最大的木構建築。殿上長出兩隻鹿角，標誌特別。殿內的金銅佛不斷維修，也是世上最大的。〈如夢令〉云：

　　智慧慈悲授受。領悟肉身空有。微笑坐紫雲，一瓣蓮花金肘。招手。招手。洗盡塵緣污垢。（其一）

　　古國平城此彼。挹注長安英氣。木殿見華嚴，麋鹿成群遊戲。淨洗。淨洗。滌蕩心靈一切。（其二）

金閣寺

　　京都的金閣寺馳譽海內外，1397 年建成，原是足利義滿（1358-1408）將軍的行宮。為了解決倭寇禍患，發展海上貿易，明太祖、明成祖先後都跟足利義滿聯繫，修好邦交；當時明朝政府還誤以為他就是日本國王。日本幕府將軍架空了天王，勢力之大，可以想見。金閣寺鑲滿了金箔，閃耀輝煌。金閣寺建於湖面上，周圍楓葉青蒼，綠意幽森。水中的金閣寺是另一個世界，游魚穿簾透戶，直探足利將軍的內室。當日颱風掠過，細雨微風，波光蕩漾，金閣寺就像一艘小船，揚帆出海。〈滿庭芳〉云：

> 鸞鳳聲啾，鏡湖池靜，閃爍金箔霜帆。煙嵐浴翠，陣雨濕衣衫。陪我風姨過境，幽雲冷、層次非凡。江天樹，穿簾透戶，魚藻競追銜。　　巉巉。山寺迴，白雲幽塚，秋滿高巖。漸夕照佳亭，楓葉攤攤。足利將軍別館，扶醉酒、松柏遙攬。京都渺，滄桑閱盡，鴉雀噪寒杉。

　　京都的銀閣寺則是足利義政（1436-1490）的園林，建成於 1482 年。房子呈黑色，旁邊利用沙堆來反射月光，晚上迴蕩於一片銀輝中，別有幽境，更表現出獨特的藝術品味。

太閣迷夢

十六世紀時，豐臣秀吉（1537-1598）完成了日本的統一大業，志得意滿。跟著他想進一步的併吞朝鮮，窺視中國。他曾經在寫給愛妾淺野氏的信中說：「在我生存之年，誓將唐之領土納入我之版圖。」1591年，他自稱太閣，準備渡海，還發佈遷都北京的準備令；繼之征服印度，統一亞洲。翌年他出兵朝鮮，明朝派出援軍，中、朝聯軍頑強抗敵，以和談告終。後來他再次出兵朝鮮，1598年在戰場上抑鬱去世，無功而退。一代梟雄的迷夢，其實卻由很多無辜的平民百姓去承受沈重的代價。

豐臣秀吉還建設了大阪城，發展海外貿易。大阪城堡深濠巨牆，現在還保存得很好。我們是黃昏時候到達古堡的，一輪新月緩緩升起，周圍新興的商業大樓的燈光映入護城河中，星輝燦爛，分不出現實和歷史。如果豐臣秀吉跟他的愛妾儘在城堡中優悠歲月，中日韓的歷史又會改寫嗎？〈南鄉子〉云：

> 大阪夜歸遊。秋盡黃昏暑意收。古堡兩重城廓穩，勾留。草樹深溝綠似油。　日落燦金毬。月淡星幽雲影流。太閣豐臣王霸氣，情柔。蟬鬢佳人傲一州。

悼周祖謨教授

　　1995 年 1 月 14 日，周祖謨（1914-1995）教授因感冒病逝。當時他剛渡過八十歲的生日，身體瘦弱，但精神矍鑠，要做的事情還很多。當年跟羅常培（1899-1958）合作的《漢魏晉南北朝韻部演變研究》第一分冊雖然早就在北京出版；但第二及第三分冊則是由先生獨力完成的，交給臺北三民書店印行。先生不能及見全書的出版，實在遺憾。先生逝世的消息傳到香港，愕然黯然，不禁悲從中來。〈水調歌頭〉悼云：

> 春風南海路，日月透空明。香江兩度高講，漢魏韻和聲。
> 縹緲雲箋楮墨，幻化六朝煙水，蒼徑幾隨行。惝恍十年
> 事，有淚到幽冥。　北來雁，傳凶問，響雷鳴。中關園裏，
> 細拂楊柳絮絲輕。望遠天涯芳草，多少江波潮浪，心意總
> 難平。學術推前輩，大雅久心傾。

　　八十年代以來，先生兩次來港講學，我有幸受教。研習聲韻之餘，山徑隨行，先生還留下了他的墨寶。1992 年去北京，我追隨陳新雄老師到北大中關園探望先生，庭園寥落，春意盎然。先生一家人開懷地接待我們，談心論學，歷歷如在目前。

新田盆菜

麟峰祠下日昏黃。肴饌堆盤和味香。

卿雲糾縵蕃田第，一輪鞭炮煥紅妝。

新年的時候，新界很多村落都準備了盆菜，款待親朋鄉里。這是星期日的下午，我們應邀到新田吃盆菜。左松超（1935-　）教授剛從浸會大學退休，離港在即，惠風斜日，我們走在古老的村路上，倍添離緒。

新田蕃田村是一條小村莊，但經過二十幾代的蕃衍生息，村中已經修成了多座祠堂；村口有著名的大夫第，修復後列為古蹟。我們一桌桌的圍坐於最古老的麟峰文公祠旁邊，負責人忙碌地在祠堂裏面做菜，少說也有三四十盆。一輪鞭炮響過，滿地紅衣；我們也就對著皇崗口岸廣漠的漁塘沼澤據盆大嚼了。盆菜跟普通的新年菜式沒有甚麼分別，例如紅燒肉、鰻魚、髮菜蠔豉、生菜慈菇、豬皮蘿蔔等，把燒好的菜一道一道的堆起來，再加火烤熱，表現出「和味」的特性，別有風味。再加上一班朋友高談闊論，開懷暢飲，在江村野地之上，擺脫拘束，熟不拘禮，而人情的「和味」更表露無遺了。新界人都誇說自己村裏的盆菜最好，自然更不能忽略了人的因素。

嘉義月眉生

離聚無常，人間有恨。左松超教授來港，轉眼一住十二年了。浸會學院已經升格為大學，左老師領導中文系多年，功成引退，十分瀟灑。在這幾年裏，我們兩家來往比較密切。加上兩岸的學者來往頻繁，香江歡聚，我們也數不清渡過了多少的歡樂時光。

維港留清夢，回車事遠征。

春秋勤播植，桃李喜栽成。

壺口風波險，夔門雷鼓鳴。

十年虛酒夢，嘉義月眉生。

左老師在港退休後，他會到嘉義中正大學任教。「月眉生」象徵一個新的開始，而人生也應該是永不言倦的。這幾年來，我們兩家人曾先後溯三峽，上成都；還翻山越嶺，探壺口瀑布；江山麗景，永恆壯闊。由於詩意比較平淡，意猶未盡，我再賦七律一首：

十年酒意已成虛。美食香江賴好魚。

風月銷磨憐火石，山河委靡泣鮫珠。

巍峨筆架千燈寂，俯仰龍城一氣舒。

東望民雄思漢月，銀濤翻滾獨愁余。

左老師住在筆架山上，千燈閃爍，一片寧謐。臨窗遠眺，飛機降落啟德機場，氣勢磅礴。民雄在阿里山下，將來由中正大學回望香江的月色，令人神思飛越。

索罟灣禊集詩

　　1995 年 4 月 2 日，即農曆三月初三，清明節近，細雨霏微；潘新安、梁耀明（1912-2002）邀集家人詩侶，乘渡輪往索罟灣，少長咸集，約廿餘人，修禊言志，飲酒賦詩。香港詩社不多，潘新安主持愉社，梁耀明領導鴻社，兩老推動詩學，不遺餘力，流風餘韻，令人敬重。

　　午宴酒酣，梁耀明首先得詩兩首，快人快語，搖曳多姿。詩云：

　　碧水春風午放船。青山如玉半晴天。

　　平生萬事居人後，可笑今番得句先。（其一）

　　十里漁棚貼岸居。幾家沽酒又沽魚。

　　春來情味偏多處，一島南丫綠雨餘。（其二）

　　梁詩寫眼前景緻，富於韻趣。其一以得句自喜，第三句兜轉有力，寫出精神。其二寫登岸所見，索罟灣一片魚棚酒肆，盪漾於青山綠水之間，倚闌觀雨，情味深濃。李鴻烈和鍥齋韻兩首，詩云：

　　相攜有味說閒居。意到臨淵不羨魚。

　　醉眼最宜煙裏放，一灣微雨殿春餘。（其一）

　　已棄黃牛上水船。心隨雲鳥接遙天。

　　如今共得怡心法，得句何須論後先。（其二）

　　所謂「煙裏放」、「接遙天」，表現高遠之思，境界曠逸。

索罟春深

　　農曆的三月初三是上巳修禊日。上巳原是古代三月上旬的巳日，不一定在初三；魏晉以後始選定初三日為上巳。尤其是王羲之（303-361）〈蘭亭集序〉不單以書法聞名於世，連文章也是千古至情的佳作，上巳修禊也就相沿成習了。修禊是要到水邊嬉遊採蘭，祓除不祥。香港錦山文社原來也有修禊的雅會，舉辦了二十屆，1992 年以後停辦。今年碰上禮拜天，潘新安、梁耀明也就邀集家人友好，一起到南丫島修禊，漫步散心，享用海鮮。

　　南丫島遙對香港仔，海平風靜，細雨霏霏。我們坐渡海輪出發，欣賞維港兩岸的青山，也是假日難得的閒趣。抵步後先在酒家用膳，席間潘先生抽簽定韻，得十二之數，於是就以上平十二文韻、下平十二侵韻為限了。索罟灣村舍錯落，翠綠宜人，鳥鳴清脆，連牽牛花也開出了從粉紅到粉藍之間充滿幻彩和層次的色感。我得詩兩首：

　　索罟春深海霧侵。碧灣零雨翠螺岑。

　　翩翩幾點閒鷗鷺，千載蘭亭嗣雅音。（其一）

　　漠漠春山倚斷雲。乍晴乍雨暗氤氳。

　　一灣綠水濃如酒，露飲江天海氣醺。（其二）

願憑帝力靖風雲

　　詩人首要表現襟袍，潘新安在索罟灣褉集詩中寫出了對時代的祝願，善頌善禱。

　　塵途散誕舊同群。卓午盤飧酒易醺。

　　且縱吟懷迎海嶽，願憑帝力靖風雲。

　　順時何礙蒼黃染，興感應無靜躁分。

　　鬧市自非娛老地，頗耽泉石慕多文。

　　首聯寫儔侶相逢，宴飲歡娛的氣氛。頷聯海嶽風雲，期望一片太平世界。頸聯順時興感，寫生命的體會。「蒼黃」喻困境，出杜甫〈新婚別〉「形勢反蒼黃」句；第六句逕用〈蘭亭集序〉中的句意「雖趨舍萬殊，靜躁不同」及「每覽昔人興感之由，若合一契」，點出修褉情事。末聯寫索罟灣的魅力，亦為娛老留方寸之地。潘詩雅正，結構謹嚴。文幸福也即席得詩云：

　　千載風流王右軍。蘭亭修褉序奇文。

　　方知興感緣天契，觸物深情思不群。

　　文詩以蘭亭故事起興，第三四句寫王羲之〈蘭亭集序〉的不朽成就，「天契」指天賦，「觸物」則是人事，而創作就是天人合一的境界了。酒後午睡，文幸福說他在半夢半醒中寫了五首詩，他沒有留底，原稿或存潘新安處。

觀心向滄海，燈火一灣深

索罟灣修禊午宴，清風涼雨，海嶽微茫。常宗豪老師（1937-2010）即席和鍥齋及文幸福韻各一首：

桃源一別賦離居。坐抱殘篇似蠹魚。

我欲觀心向滄海，餞春隨分到兵餘。（其一）

脫略未輸王右軍。海涯今復見奇文。

羨君剪玉裁雲手，圖寫南丫最邁群。（其二）

其一寫日常忙碌的教學生涯；假日禊集，接緣山水，觀心滄海，餞春隨分，達觀冥化，表現自適之情。其二剪玉裁雲，目的則是追尋遠古蘭亭的雅趣。

午後我們漫步山野之中，春花吐蕊，春鳥嚶鳴，晚飯後一灣燈火，更添濃濃的酒興。李鴻烈意猶未盡，回家後還寄來五律兩首。

索罟來詩客，長歌到夕曛。千秋修禊事，一紙右軍文。

俯仰同今昔，乾坤幾治棼。持杯酹東北，海雨正紛紛。

（其一）

三月初三日，有盟相與尋。飛觴臨水際，逸興到山陰。

且斂悲生意，還賡曠代吟。酒闌春尚邁，燈火一灣深。

（其二）

李詩總括一日遊興，弔古惜今。修禊只是借題發揮，我們得在有限的現實裏展現生命的意義，形神蕭散，生意無限。

臺東風光

　　1995 年 4 月底從高雄坐火車往臺東，走的是南迴鐵路。火車從枋寮入山，穿過一重一重的隧道。中間有幾個小站，靠近河谷地帶，周圍群山繚繞，草樹蒼煙，一派世外風光，無邊寧寂。未幾火車到達東岸的大武，浩瀚的太平洋突然展現眼前，美得令人暈眩，措手不及。當時黃昏臨近，海天漠漠，懸崖下是一個個渺無人跡的小沙灘，未經文明蹂躪，肌膚勝雪，柔弱無骨。我寫了一首〈定風波〉云：

隧道幽幽出坳堂。柔光翠黛耀金芒。一剎靈明春夢裏。人事。萬山深處鳥聲涼。　夜氣高崖天色醉。應是。黃昏海晏過殊鄉。沙白脂柔綃縠似。惜取。微聞嬌喘秀雲張。

　　臺東市區有鯉魚山，山並不高；但背倚群峰，樹色蔥蘢，前臨太平洋，碧波蕩漾，登臨嘯傲，亦足以蕩塵滌垢。山上有胡鐵花（1841-1895）紀念碑，鐵花名傳，他是胡適（1891-1962）的父親，清代末任臺東直隸州知州。1895 年日本侵佔臺灣，清廷簽下了馬關條約，他奉召返國，今年是一百年了。〈登鯉魚山〉云：

鯉魚飛躍出重洋。洗盡蠻煙接遠光。

半紀淒涼哀甲午，千山鼎沸戰玄黃。

石梯陡峭霜風勁，椰樹高標夏果香。

遙拜九泉胡鐵老，臺東新沐粲霓裳。

　　中國政府要到 1945 年才收復臺灣，剛好半紀；「玄黃」則喻當年烽煙之烈。

鹿野高臺

　　過去臺東有很多野鹿，奔馳蒼莽的綠野之中，布農族的英雄馳馬捕獵鹿群，高速度的追逐，刺激壯觀。不過現在已經看不到鹿群了，只留下一些地名供人懷想。例如初鹿牧場遍植南非的盤固拉草，柔茵翠毯，滄波含夢；靜躺於雄偉的中央山脈的旁邊，這是乳牛的天地。附近的林場花木扶疏，空氣寧謐，黃昏放牧，日暖風柔，現代的牧人令人神往。我得詩一首：

　　日暖風柔嫩草青。中央山脈翠雲馨。

　　牧人自領林中趣，花下放牛過短亭。

　　鹿野是位於臺東中央山脈及海岸山脈之間的峽谷平地，中央有一座高臺。這是地球海陸兩大板塊交接之地，但地震很少，反而花蓮就多了。我們登上高臺，周圍遍植茶樹，四顧蒼翠，綠意茫茫，山風在峽谷中長驅而過，浩浩蕩蕩。中央山脈是布農族的聖山，看起來像一位美人頭頂北方仰臥；卑南溪奔流而下，浸潤鹿野大地，草木富饒。據說古時候鹿野缺水，布農族的酋長用咒語叫山體讓路，水就分流注入鹿野了。其實海岸山脈一帶還處於造山運動的階段，山體滑動，風雨中更為普遍。現代的布農族人生活富裕，電腦普及。〈鹿野高臺〉云：

　　布農酋長立高臺。咒語移山一水開。

　　蕩蕩天風吹鹿野，呦呦蹄浪捲黃埃。

　　兩重板塊磨痕烈，四望田疇綠意賅。

　　樽俎平衡參藝術，桃源治道仰鴻才。

滿庭芳

1995 年 5 月 1 日路過屏東，訪問屏東師範學院。路上椰子檳榔，藍天白日，一片濃郁的熱帶風光。中午劉昭明開車把我們載到公路上去，開闊平直，花樹繽紛。我們就像置身於一個大果園中，果熟香濃，空氣醺人欲醉。屏東以出產蓮霧著名，其中黑珍珠更是蓮霧中的佳品。蓮霧似梨子而小，身材婀娜，像是少女開張的裙裾，膚色紅勻，果質清甜。黑珍珠產於瀕海地帶，浸潤濕暖的海風之中，紅中透黑，形象健康。〈滿庭芳〉云：

> 烈日蒼園，檳榔椰子，屏東熱帶風光。田疇綻綠，蓮霧浴晴妝。款擺腰肢裙幅，回眸笑、歌舞雲裳。珍珠黑，海潮拂夢，神采更飛颺。　人間懷艷質，霜華日月，不比尋常。紫荊盈十里，宮粉牽腸。水底寮中訪遍，相對語、情韻偏長。煙波渡，輕攜素手，隨我邁陂塘。

上片專寫蓮霧的形貌，下片則是訪艷經過。我們先在海峽沿岸的林邊吃海鮮；然後再往南走，訪尋黑珍珠。劉昭明的臺南老家有一個大果園，遍種芒果，所以他挑水果是十分在行的。他一邊開車，一邊留意兩旁賣蓮霧的小販，結果要到水底寮才買到黑珍珠。帶回香港，果然名不虛傳。回程路上看到盛開的宮粉羊蹄甲，紅雲卷地，彩蝶翩翩。我沈醉於夢中，彷彿與花神共舞，凌波漫步，飛越陂塘。

喜晤鄭愁予

1995 年 5 月 19 日的早上，我在臺北。吳瓔與曾永義都要在寧福樓請客，客人互有同異，也就合為一桌，十分熱鬧。當日鄭愁予（鄭文韜，1933-　）剛從美國回到臺北，這一桌是名副其實的洗塵宴。曾永義是酒黨黨魁，加上一大班同志，人人能飲，推波助瀾，一上來就是高潮了。當天由副常務委員吳瓔付鈔，自然更合黨魁的心意了。曾永義興高采烈，馬上朗吟他的名聯：「美酒如美人，當仁不讓；好書似好友，莫逆於心。」天下快意之事，莫過於此四者了：美酒美人好書好友，一時雲集，觥籌交錯，歡聲振耳。

此次鄭愁予與夫人梅芳（?-2020）應邀來臺，主要是為電視臺攝製一集詩歌特輯。席中他的三弟文正也來了。鄭愁予能飲能詩，身體健碩，該是詩人理想的典型。拙作〈西江月〉云：

昨夜暗雲雨霧，今朝旭日晴通。金山降席接春風。木舍臨湖星夢。　慷慨悲歌易水，詩心酒熱殷紅。相逢笑晏三杯穠。意氣壯懷飛動。

我是早一晚來臺北的，高速公路暗雲雨霧，空氣污濁，沒想到第二天卻放晴了。寧福樓在金山南路。鄭愁予有〈燕人行〉一詩，寫他想像中與西雅圖的詩友盛集，星空酒筵，預留一席。金山南路車水馬龍，也有臨湖意味。易水燕人，頭顱可擲，都是鄭愁予詩中永恆的主題。

《燕人行》

1973 年，鄭愁予赴布萊德國際機場送客，神機隨起，想到西雅圖「星座」的詩友，也就歷覽北美大陸，降臨西雅圖來了。〈燕人行〉純用想像，無中生有，不過也能照顧現實感情。首段云：

未酬一歌　豈是／

慷慨重諾的／

燕人？從這岸張望，易水多寬？／

竟是愛坡雷神十萬畝卿雲／

五湖猶落木，草原諸州縱橫著凍河／

愛荷華領一層瑞雪輕覆／

柔軟起伏的／

紫膚的胴體／

首段八行，詩句長短不齊，節奏先急後緩。鄭愁予是河北人，「燕人」自喻，「易水」則寄託了一腔激烈的去國情懷。他的神思由五湖的冬日出發，穿越愛荷華的瑞雪，向西飛去。次段十四行，由黃石公園、落磯山再到太平洋岸的西雅圖，醞釀豪邁。三段五行：

濛濛的西雅圖　木舍臨湖／

舍內群朋圍坐　向火默然／

莫是舉事的時刻已妥定／

莫是／

血已歃　杯已盡／

「木舍」喻楊牧（王靖獻、葉珊，1940-2020）濱湖而居，「舉事」指「星座」的復刊，鄭愁予以革命喻之，十分誇張。末段

九行：

　　而星座有席空著　　一樽酒卻/

　　炙著　　莫是等我？/

　　恕我　　駁氣涉水來得魯莽/

　　倥傯間未及挽梳/

　　我這顆/

　　欲歌/

　　欲飲/

　　欲擲的/

　　頭顱/

　　末段擬荊軻赴宴，神情悲壯。後半全用短行，節奏逼迫，氣氛緊張。

懷念鄧麗君

　　鄧麗君（1953-1995）的歌聲溫柔甜美，獨具一格，舉世難作第二人想。詩和任何藝術都是一樣，外形也許可以學習，但神韻則絕對模仿不來。1987 年的春天，我在富春江畔。有一個下午，細雨霏微，從富陽縣城古老的街道上走過，突然從小店民居中傳來〈小城故事〉的優美歌聲，不禁停下腳步。一連串熟悉的旋律在異鄉的天空中迴蕩，當時的震撼力實在是非常巨大的。沒想到 1995 年 5 月 9 日下午電台首先從臺灣傳來的消息更令人震驚，鄧麗君竟在清邁逝世了。整個新聞界在忙於核實求證。跟著整天大家都在迴蕩著鄧麗君歌聲的空氣中渡過。那些曾經陪伴了我們多少個晚上的甜蜜的歌聲，竟然化成了無盡的懷念，孤懸天壤。拙詞〈浣溪沙〉云：

　　星隕長空舉世驚。柔腔麗韻奪春榮。回眸一笑玉顏楨。　江海閒遊清邁客，銀河璀璨傲梅兄。九州酣夢總思卿。

　　鄧麗君的歌藝是屬於天才型的，幾乎無師自通。別人窮一輩子努力唱幾首好歌，但她隨意哼出，也就充滿無窮的魅力了。天才型的人物教無可教，學無可學，只要遇上適當的土壤，她一定脫穎而出；甚至不論甚麼土壤，她都能茁壯地生長，開花結果。天才型人物的出身固然充滿了傳奇色彩，她的死也要有一個傳奇的結局來陪襯，帶些懸疑色彩，才夠轟動。

星願

　　鄧麗君的遺稿中有一篇〈星願〉，是她的弟弟鄧長禧（1954-
2008）來港整理遺物時發現的。他帶回臺北，交給李壽全
（1955-　　）、李子恆（1957-　　）、童安格（1959-　　）三人譜曲，
並由長期擔任混音工作的李寶琦試唱，縈繞靈堂，哀音似訴。
詞云：

　　花影入水入夢，風雨浮沈中。星海深處不勝寒，幽幽獨
　　眠愁。

　　不堪回首望年少。人間難預料。莫將煩惱著詩篇，淡淡紅
　　顏笑。

　　天涯人悲歡皆夢，寂寞路知己難逢。無奈時不妨隨風月朦
　　朧。莫辜負似水柔情。

　　在水一方歌聲裏，願化作彩雲飛。千言萬語花落時，默默
　　水東流。

　　此詞寫出了藝人的心聲，在風光背後，在喝采聲中，原來
最難消遣的還是源自內心排山倒海般的寂寞和愁緒。鄧麗君
的〈星願〉表現她內心的空虛，一連串虛幻的影象，鏡花水月，
搖蕩性靈。詞分四段，每段四句。首段浮沈星海，孤獨幽冷。
次段押韻，似乎有意對仗；往事如煙，紅顏一笑，有時也很灑
脫。第三段「天涯人」、「寂寞路」對仗亦工；人生知己難逢，
自然是珍重柔情了。末段憑歌寄意，漸趨平淡。鄧麗君詞句優
美，意象濃麗，加上她以充滿傳奇的一生化入歌詞之中，自然
感人更深了。不過，就文論文，整篇作品稍嫌堆砌，很多還是
愛情文藝腔中現成的詞句，談不上獨創。

陽明山玄談

　　1995 年 5 月 22 日的早上，沈秋雄（1941-　）開著他的新車，載我遊陽明山。那天下午回港，上午有兩個小時的空檔，可沒有甚麼目標。臺北到處堵車，煙塵迷漫，街景也不好看。淡水河一江如帶，蜿蜒市區之中，可惜也是灰灰的。過去從桃園機場出來，高速公路的兩旁，青山橫臥，田疇蒼翠，宿鳥歸飛，生意欣然。可惜現在公路兩旁都蓋了很多房子大樓，廢氣瀰漫，幾乎連呼吸都有些困難了。陽明山屬於國家公園，過去只有少數的高層人士住在山上，現在民意開張，大家都想在山上蓋房子泡溫泉了。陽明山的壓力愈來愈大，單看車流，不要說是花季或假日，就是平時也夠沈重了。到了中山樓，下車後山風振衣，山雨霏微，跟臺北市的空氣就不一樣。一陣強烈的琉璜氣味從溫泉溪吹來，竟然是異樣親切的感覺。〈浣溪沙〉云：

　　零雨熏風綠滿田。琉璜香烈記前緣。輕車遼鶴過遙天。　半日玄談方外夢，四時花事總欣然。陽明山好惜芳年。

　　詞中「遼鶴」用丁令威的故事，陽明山也算是相熟的地方。車上跟沈秋雄閒聊，天南地北，十分快意。回程時一不小心，竟然開上高速公路去了，要到三重市的出口才能下來。「玄談」大有環保意味，我總希望社會不要發展得太快，多保留一點自然的空間。

的士詩人

在臺北坐的士，開車的是一位滿臉鬍子、頭髮長長的司機。我們說起香港用粵語作教學語言，他很感興趣；他說他也專用臺語寫詩，我聽來更感興趣。他一邊開車，一邊在繁忙的道路上朗誦他的作品〈柳〉：

柳樹枝　柳樹葉/

無力垂垂挽會著/

挽會著啊/

想卜來攬您的腰/　（一段）

你的身惰惰　您的人古意　枵鬼走偎食您葉/

可憐您　葉光光　枝禿禿/

秋風吶來休休叫/　（二段）

全詩六段，這是頭兩段。垂柳的形態溫柔淒美，作者用來象徵母親。詩人用充滿感性的聲音朗誦詩句，我對詩意不太了解，但卻是感受到作者的一番深情。後來他又朗誦〈悲憤的海〉，原來竟是一首交響短詩。作者的聲音雄渾鏗鏘，節奏強勁，充滿野性的音樂美，更使人耳目一新。

混沌太初　海天一氣/

瀟灑滄波　表達　意志/

閒時　閒時/

閒時冰心如鏡　孤舟駛帆在你/

吶是/

吶……/

吶是非常一怒/

大船軍艦——我無客氣/

　　全詩三大段，這是第一段。詩除了傳遞聲音之美外，也應該表現意義。臺語詩如果能為詞句加注，帶出訊息，推廣更佳。下車時他送了我一本詩集《蝴蝶夢醒》，他叫陳昭誠（1949-　）。在茫茫人海中能跟臺語詩人談詩，自然也是詩緣了。

大度山居

1990 年，汪中教授自師大退休，遠赴臺中任教。當時會聚東海大學中文研究所的還有周法高、李田意（1915- ）、龍宇純（1928- ）、楊承祖（1929-2017）諸教授，雲蒸霞蔚，相聚甚歡。今年（1995）夏天，汪老師又要在東海退休了，從此閒雲野鶴，得大自在。他先到美加小住，坐郵船暢遊阿拉斯加，天涯雪塹，林海茫茫。這對老師的書法及詩境都會有更大的啟發，風雲感會，再開新面。

在臺中五年，汪老師住在東海大學的學人宿舍，名之曰「靜寄東軒」或「得且住庵」。假日回臺北，擺脫很多應酬。大度山無風無雨，人煙蕭瑟。林木蒼翠，平原廣袤。東湖泛碧，朗日浮金。余光中（1928-2017）的名句「星空，非常希臘」，就是重上大度山的靈感。汪老師得詩云：

山靜風疑雨，蕭騷便已秋。

人家隔簾幙，燈火隱岡頭。

淅瀝簷花落，迢遙野犬咻。

遠遊如已倦，猶自數更籌。

跋稱「山居寂靜，風聲颯颯疑雨。燈影犬吠，真似陶公曖曖遠人村，依依墟里煙。或良夜已闌，不能成寐，惟靜中得趣耳。」山居靜夜，彷彿仙境。1993 年冬夜，我也曾寓宿一宵，寒星閃爍，四顧寂然；早上漫步綠野，風煙柔媚。詩云：

大度煙光媚，寒星碧玉岑。

平林山夜寂，幽茗主人心。

蕩漾東湖酒，澄鮮曉日金。

天涯離別意，回望白雲深。

渡海談詩

1995 年 7 月 1 日的下午，承澳門筆會邀約，假澳門日報三樓會議廳，談詩會友，相聚甚歡。我的話題是〈變換的技巧——古詩與擬古詩的創作比較〉。〈古詩十九首〉寫出了人性所共有的心靈經驗，大家耳熟能詳；而陸機（261-303）〈擬古十二首〉則是在〈古詩〉原有的意義下，改用不同的表達方式來寫詩，變換技巧，這對我們的創作會有很好的啟發意義。而且模擬也是創作的必然歷程，初學寫字固然要臨摹古人的架構，就算成名的書法家也不妨繼續臨摹古人名作，揣摩神韻，推陳出新。在西方文論來說，這可能有點近於古典主義或新古典主義的主張了，文藝復興的藝術成就也是藉古典精神來釋放個性，爭取自由創作。可見模擬學步，不見得是壞事；捨棄傳統，漂泊無根，可能更是文學藝術的迷惑了。

晚上澳門筆會設宴招飲，出席的有陶里（危亦健，1937- ）、李鵬翥（1934-2014）、余君慧（1928- ）、胡曉風（1922-2010）、葉迅中（1920-2018）、譚任傑（1935- ）、林朗（?-2016）、鄧景濱（1945- ）、汪浩瀚（汪雲峰，1950- ）諸先生。汪浩瀚是麗濠酒家的主人，美酒清茶，更找來一條大石斑，醺人欲醉。座中談鋒凌厲，陸機詩「高譚一何綺，蔚若朝霞爛」，彷彿似之。拙詞〈生查子〉云：

> 渡海細論詩，不覺紅塵暮。漢晉數風流，夢向長安去。　夜飲麗濠春，玉宇籠仙霧。綺蔚粲高譚，忘了來時路。

北戴河詩經盛會

1995 年 8 月 10-14 日,第二屆詩經國際學術研討會假河北省老幹部北戴河休養所舉行。北戴河海濱水清沙滑,名勝亦多,有東聯峰山、鷹角亭、山海關等,而老龍頭更是長城入海口,滄波鯨浪,雄偉壯觀。前年我出席了石家莊第一屆詩經研討會,認識了會長夏傳才(1924-2017)教授,石門夜月,飲酒賦詩,後來大家還在閉幕典禮上朗誦作品,氣氛熱烈。今年會長又多次來函力邀出席盛會,可惜我打算遠行,心雖嚮往,力有不逮。後來夏教授說將安排與會中外詩人在鷹角亭前賦詩,希望我題詩一首。〈青玉案〉「呈夏傳才教授預祝北戴河詩經國際研討會成功」云:

> 秋聲初泛燕雲路。惜良會,難來去。鷹角鯨鯢爭競渡。老龍滄海,長城內外,盡是尋詩處。　石門月色思朝暮。賴有雲箋繫佳句。東望聯峰心暗許。風騷鴻業,壇開微笑,灑落拈花雨。

夏教授安徽亳縣人,現任河北師範學院教授,精研《詩經》;吟詠亦多,著《七十前集》,不拘平仄音韻,多依古體。嘗贈我古絕二首,提攜晚輩,辭多溢美。

> 君學謫仙人。詩酒傲紅塵。不問長安路,白雲一片心。

(其一)

> 香島一枝春。黃生四海聞。清詞和麗句,字字華夏魂。

(其二)

韓國趙鶴山詩

1995 年 7 月 12 日，韓國趙鍾業教授偕友人訪港，住在中文大學的昆棟樓。由於泰航誤點，他們要八點多鐘才步出機場。當時大雨滂沱，雷電交加，視野模糊，我只能憑感覺開車。幸而機場這一段路比較熟悉，誤闖了一次紅燈，踉蹌抵達沙田，但也狼狽極了。翌日早上，帶他們冒雨遊覽校園，吐露港煙光瀰漫，更添嫵媚。下午難得半天雨霽，我們到港島參觀茶具文物館及集古齋、文聯莊等，不晴不雨，天氣涼快，也算幸運。十四日還在下雨，最後他們又冒雨到機場去了。我們既不能改變天氣，那只能用平常心來看待香港的雨景了，學詩的人隨遇而安，也許別有一番會意和境界。

趙鍾業（1930-2014），字鶴山，韓國忠南大學教授。臺灣師範大學國文研究所博士，著《中韓日詩話比較研究》。鶴山精於書法，能詩。日前先赴臺北為汪老師賀壽，再經港返國。其〈為賀雨盦汪先生古稀奉呈其書札集〉云：

菁莪半百年。九谷種蘭連。

法筆當場寶，瓊章萬世傳。

碩人調雅瑟，稀老似神仙。

華牘方成帖，鍾王美不專。

詩筆穩健，言辭雅正。「九谷」指苑囿中的大小池沼，「種蘭」意謂育才無數。「菁莪」、「碩人」，用《詩經》典。中間兩聯寫汪老師的書法和風采。「華牘」指新出版的《雨盦書札》，華牘成帖，比美鍾繇（151-230）、王羲之。

穆穆古風尊

1990 年的重陽節，我到韓國出席鶴山教授的華甲大壽典禮。當時忠南大學正舉辦第一回語文研究會國際學術大會，同時又有鶴山《趙鍾業博士華甲紀念論叢》奉呈式。前者是國際學術會議，後者則是充滿民族特色的祝壽典禮。先生身穿韓服，端坐臺上，接受同事、門生及友人的祝賀，會場掛著汪老師的行書〈前赤壁賦〉十二屏，瀟灑飄逸，摻和著花香和墨香。臺下鐘鳴鼎食，古樂悠揚，仕女演奏時嫻雅的舉止，亦足以發思古的幽情。拙詩云：

> 鶴山鳴東土，積學淵博厚。直菴與蒼崖，出入登陵阜。慕化來華夏，兼挑章黃後。詩話中日韓，貫通真不朽。書藝猛精進，切蹉增師友。壯哉中國遊，親炙尼山叟。生徒浩蕩隨，飽沃山川秀。相識蓬萊春，香江幾聚首。耿耿金石交，光輝臨軒牖。比來百濟鄉，邀飲華甲酒。四座列儒冠，鐘鼓鏜鞳吼。穆穆古風尊，敬禱南山壽。

鶴山在韓師事李喆承、金舜東二先生。來華則投林尹、高明（1909-1992）二教授門下。先生曾經帶領學生拜謁曲阜，並過港參觀中大。在韓國期間，他也曾帶我遊覽雞龍山，紅葉漫山，煙雨迷濛；在東鶴寺中，牧昭、法杖二師還為我們以古法泡茶。拙詩云：

> 東鶴秋情逸，雨餘楓染川。
>
> 深齋聆妙偈，珍重結茶緣。

馬場大火

　　跑馬地馬場擴建，停賽九個月，1995 年 11 月 25 日又再開幕。賽馬是香港生活的一部份，大家看得如癡如醉。1845年，香港政府在黃泥涌村開闢跑馬地，1848 年建成。過去馬場分兩種看臺，洋人用的是由三合土建造的，華人用的則由竹棚搭建，自是種族隔離。1918 年 2 月 26 日農曆新年期間，馬季新年度開鑼的第二天，也是一年一度的周年大賽，當時華人看臺人山人海，突然不勝負荷，塌了下來；竹棚下有許多熟食檔，乾柴烈火，也就燒了起來。結果燒死六百多人，成為香港賽馬史上最大的慘劇。據說事後清理現場，竟然還檢獲幾籮金飾，香港馬迷的富有，令人吃驚。陳步墀（1870-1934）《宋臺集》有〈弔香江馬場之災〉四首，注稱「戊午年元月十六日」。

　　焚廄傷心古所知。不圖浩劫到今時。

　　憑欄歌泣無端淚，灑向人間唱竹枝。（其一）

　　地震才驚落羽毛。天心示警凜寒刀。

　　如何玉石同萌蘗，燒盡牛山濯濯高。（其二）

　　春入連天不雨雷。祝融為患旱為災。

　　可憐士女如雲去，為鬥繁華寂寞回。（其三）

　　浩浩平沙黯黯天。戰場弔古有文傳。

　　河山縹緲無亭長，愁絕招魂落照邊。（其四）

　　「焚廄」用《論語》「問人不問馬」故事。其二注稱「元月初三」才發生地震，天心叵測。其三寫天氣乾旱，很多士女如雲去寂寞回，表示枉死。其四仿〈弔古戰場文〉哭祭新鬼。

常宗豪師生書展

1995 年 12 月 27-31 日，香港中文大學聯合書院書法組師生校友作品展假香港視覺藝術中心舉行。1996 年 1 月 9-12 日則移往聯合書院胡忠圖書館展出。

八十年代初，聯合書院「促進雙語教學委員會」設立了書法班。由常宗豪教授策劃及指導，先後敦請呂媞（1926-　）、劉逢吉、羅汝飛（1948-1993）任導師，每於周日聚會習書，討論心得。其後還組織了龍章書社。1993 年 9 月 25 日，羅汝飛在國內因車禍罹難，常教授乃推薦吳麗珍、楊宗耀、張惠儀繼任導師。此次書法展覽，不但展出了學員的成品，同時也為了紀念羅汝飛博士。李鴻烈〈題常宗豪師生書展〉二首云：

始自臨摹終突圍。從無墨守應研幾。

賞書觀水本同術，必看驚濤裂岸飛。

其二云：

精微心法見筆端。篆隸真行領域寬。

一藝祇從千鍊得，待看健將繼登壇。

其一稱譽常教授的書藝。「臨摹」是藝術的基本功，而「突圍」則是一切藝術表現的契機。墨守成規難成大器，藝術家必須洞悉淵微。末二句「觀水」用蘇軾赤壁詞意，指常教授的書藝寫出了滾滾長江的滔天氣勢，驚濤裂岸。其二照應學生的作品，「心法」也就是師承血脈，可以藉著篆隸真行各種不同的書體呈現出來。來者登壇，弘揚國萃，自然也期望龍章書社能推動香港的書風了。

健康的書展

1996 年 1 月 27-29 日，中國文化協會主辦常宗豪教授書法展覽。這次是個展，跟上月師生聯展不同。常老師自稱是一次健康的書展，大抵是指書法的內容說的。常老師選字或采陳湛銓（1916-1986）修竹園詩句，或自抒胸臆，襟懷清壯，氣貌堂堂，不寫風花雪月的題材，自有助於淨化世道人心。例如「神物不為塵世迫，真仙聊與俗人同」、「短筆支懷抱，寒風問起居」、「立腳不隨流俗轉，高懷猶有故人知」、「清風滿懷，朗月在抱」等，除塵滌垢，發人深省。此外常老師摹寫張先（990-1078）〈十詠圖〉、鍾繇〈薦季直表〉、張大千（1899-1983）大風堂聯句等，展示學書心得；又精寫佛經供奉雙親靈位，以表孝思。

常老師書法高古，得魏晉蕭散的風神。他擅寫鍾繇瘦潤的隸楷（古真書），參之以北碑、漢隸的方筆，方圓結合，神明變化，稍近於明清黃道周（1585-1646）、沈曾植（1850-1922）的書風。李鴻烈贈詩二首云：

獨憑瘦硬未通神。氣韻還須透骨筋。

喜汝森嚴碑字活，筆鋒劍壁度流雲。（其一）

其二云：

楷行隸意出鍾書。方處能圓密處疏。

三昧早從斯法得，風神蕭散自如如。（其二）

李鴻烈專寫二王，其詩自能搔著癢處。我也湊興寫了一首七律，學步而已。

心畫心聲辨正邪。靈芬墨妙筆生花。

淵渟嶽峙風雲氣，鳳翥龍騰詩禮家。

修竹園林探神物，羲皇窗牖寢霜華。

鍾繇隸楷方圓合，寫入豪芒粲綺霞。

饒宗頤教授八十壽序

　　夫潮州東粵重鎮，南海雄疆，山河表裏，民殷物阜。久沾韓公雨化，鱷溪寧帖；仰承蘇子風流，鳳水涵芬。自是齊民學子，篤於詩教，守道愛人，號稱易治。歷宋元明清，彬彬愈盛，風騷代興，固可期也。潮安饒固庵教授，飽飫山川靈秀，魁星耀采；復得家學熏陶，文德蹈勵。天之生才，承時奮起，文采華茂，學養淵深。年未及冠，整理潮州藝文，二十初萌，纂修《廣東通志》；一鳴驚人，時議厚望。壯歲行遊，宣文港大；詩書刪定，講學星洲。桃李栽成，拓宇開疆，流風廣被，慕化嚮善。漢學南傳，斯文一脈，方之韓蘇，豈有愧色哉！尋而遠訪巴黎，摩挲敦煌手卷；情歸印度，探索東土文明。周遊列國，振動天下。歸港教授中大，壅培幼苗，裁度枝葉，漪與盛與，期於至善。及功成身退，猶講論不輟，窮年兀兀，壯心未已，後生學子，不勝欽慕焉。嗟乎！固庵教授才情豔發，兼擅琴畫詩書；百家融貫，出入經史子集。抒情寫志，創作弘富；而著述等身，更難並舉。大抵史地道佛、文獻考古、語言文學、音樂藝術諸科，靡不異采紛呈，蜚聲國際，允稱一代文宗。固庵教授近年獲頒法國文學藝術勳章，而潮州則創建饒宗頤學術館，江河增勝，鄉里添光，名山事業，永垂不朽矣。今歲丙子（1996）五月上浣，恭逢先生八秩攬揆之辰，同人夙承教益，久挹芝儀，爰共獻文，以介眉壽。敬晉一卮，福壽無量。

活的中國百科全書

　　饒宗頤（1917-2018）教授蜚聲學林，人所共仰。1996 年適逢先生八秩華誕，香港學界同人乃於五月四日晚上假中環翠亨村茶寮舉行壽宴，觴詠絃歌，同沾喜慶。饒教授是當今全國學術界的泰斗，著作弘富，興趣廣泛，記憶力和識力都超邁常人，殆出天授。鄭煒明（1958-　　）編《論饒宗頤》一書，1995 年香港三聯書店出版，專門輯錄當代評論饒教授的文獻。此外又編有《饒宗頤教授著作目錄》，1994 年澳門蓮峰書舍出版，共收學術專著單行本五十九件、書畫集六件、書畫展場刊五件、詩詞結集及發表目錄二十件、論文三七五件；細分之則有考古學、上古史、甲骨學（包括文字學）、敦煌學、史學（包括金石學）、中印文化關係史、文學史、楚辭學、詞學、文心雕龍學、藝術史、音樂史、道教學、佛學、潮州學、地方史、目錄學、語言學及其他，成就不凡。

　　1993 年 11 月 25 日，饒教授獲頒巴黎索邦高等實用研究院人文科學名譽博士榮銜，並隨即發表「中國文學與宗教」的專題演講。次日又獲法國文化部頒授法國文學藝術榮譽軍官勳章，讚辭譽為「活的中國百科全書」。1995 年 11 月 9 日，潮州市人民政府建成了饒宗頤學術館，朱維錚（1936-2012）撰文勒石；1996 年 8 月 17-19 日，潮州市文化局及教育局亦將假韓山師範學院舉行饒宗頤學術研討會，都是當代學者罕見的榮譽。

饒教授壽宴

　　1996 年 5 月 4 日，香港學界同人假翠亨村茶寮設宴慶祝饒宗頤教授八秩嵩壽，筵開八席。單周堯（1947-　）撰寫壽聯：「壽晉八旬，一代奇才蘇學士；胸羅四庫，千秋碩望顧寧人。」蘇學士即蘇軾，顧寧人為顧炎武（1613-1682）。羅忼烈（1918-2009）則在嘉賓名冊上題祝嘏賀詩：

　　甫過坡公十四春。辭章書畫兩無倫。

　　選翁幸出坡翁後，腹笥應須軼一塵。

　　蘇軾享壽六十六歲，現在饒公已比他多了十四歲，成就更無可限量。末句「軼」解高也，「一塵」乃人世縮影，絕不渺小。當晚的壽禮是一塊龜形的靈壁石，由利榮森（1915-2007）博士、利國偉（1918-2013）爵士、馬臨（1925-2017）教授、金耀基（1935-　）副校長代表致送。靈壁縣位於安徽省北部新汴河畔，其石呈黑色，叩之有金玉聲。席上由趙令揚（1935-2019）教授、陳學霖（1938-2011）教授、鄧仕樑（1938-　）教授致辭及祝酒。其後饒教授致答辭，他以歷史上的荊州學派比擬現階段香港的學術成就，他認為只有安定的環境才可以助長學術的發展；並即席賦詩和羅教授韻云：

　　誤了平生八十春。不今不古與誰倫。

　　也曾俯覽秦川小，猶較東坡隔一塵。

　　饒教授引蘇軾〈又跋漢傑畫山〉云：「漢傑此山，不今不古，稍出新意。」「古」謂古法，「今」謂俗氣。又蘇軾〈授經臺〉詩：「此臺一覽秦川小，不待傳經意已空。」臺在鳳翔南，相傳乃尹喜為老子（571-472?B.C.）授經處，以氣韻為尚。中二句指出向上一路，不以東坡為限。

酒烹盤蟹文石堂

新田位於落馬洲和米埔之間，這是一條古老的圍村。過去遍是農田和漁塘，現在公路開通，交通繁忙，兩旁都成了停車場或貨櫃場。不過一進入蕃田村，卻是截然不同的世界。大夫第是晚清的士紳府第，經過翻修和整頓，現在已成了香港的重點文物。村裏有好幾座文氏的古祠，牆壁雄偉，殿宇巍峨，令人發思古之幽情。前幾天的晚上，我與幾位友人同赴文石堂的晚宴。村裏多是新建的丁屋，但我們在古老狹長的小街上左穿右插，氣氛寧謐，隔絕煩囂的人事，竟然也有點時光倒流的感覺。我走回晚清百年的風煙中。

文石堂過去在荷蘭經營餐館，近年回港發展。他家門口遙對皇崗，前面就是深圳河的沼澤地帶。他在門前種花養魚，環境清幽。進門大廳掛有陳樹衡的對聯：「細雨簷花杜工部，酒烹盤蟹文石堂。」陳氏竟將杜甫的名句「燈前細雨簷花落」跟文家的花雕釀蟹相比，想像出奇。1994年冬夜，我們曾在文家飲酒談詩。八點鐘的時候，客廳中泛起了一串清脆的鐘聲，原來竟是百年的老鐘。今晚圓月窺窗，鐘聲更美。舊作〈蝶戀花〉「石堂夜宴」云：

臘雨寒凝村舍地。忘了塵囂，寧謐無倫比。百載清鐘心似洗。泠泠迴蕩聽流水。　絕技烹調何處市。蟹釀花雕，四座香風起。酒暖情濃人倚醉，凌雲高興蕃田里。

初遇奧克蘭

　　1996 年復活節的時候，去了一趟奧克蘭。飛機從黑夜飛到白天，也就由菲律賓、新畿內亞、澳洲一直彈跳到新西蘭去了。飛機翻過了赤道，也就翻過了夏季，從春天投奔到秋天。早上飛機在布里斯班加油，北面是著名的大堡礁，我在太空館的天象電影看過，珊瑚礁樹，魚彩斑斕，也就構成了一個瑰麗自足的世界。我們苦心營造的詩境，跟大自然相比，簡直不堪一擊。

　　秋容恬淡太平洋。布里斯班透曉光。

　　一自無端雲裏降，珊瑚礁樹倍牽腸。

　　早上飛機停在布里斯班，加油後飛越海峽，自然是誤點了。在飛機上看奧克蘭，鮮麗明亮。這裏永遠只有海和陸的關係，茫茫的海水包圍了陸地，而陸地又伸入了海心，港灣岬角，盤根錯節。海是藍色的，陸地則是大片的翠綠，白雲飄忽無蹤，像是天涯飄泊的遊子，細説綿綿情話。〈初抵奧克蘭〉寫初遇的印象。

　　直下南溟不染塵。藍霞遼海渥蘭人。

　　島灣岬角相盤錯，月冷霜濃夜氣新。

　　朱榮智（1949-　）兄來接機。他創辦紐西蘭中華書院，推廣海外華文教育。著有《心中有愛》講述辦學心得。他精研老莊，而夫人汪惠敏（1949-　）更深於易理。奧克蘭是容易令人迷醉的神仙世界。

　　猛割紅塵不了緣。南來喜見蔚藍天。

　　朱門有愛敷華夏，世外浮生樂管弦。

　　大地春雷驚導彈，窮年秋水付玄編。

　　細參周易沈思盡，蝴蝶前身共一圓。

南風吹泛寒流

奧克蘭沒有山，一望無際的平原和海水，坦蕩蕩的，連人性都變得直率了。奧克蘭也沒有甚麼古蹟，毛利文化大都放到博物館去了。幾所殖民地時代遺留的大樓依然可用，還未成為受保護的文物。大家沒有傳統的包袱，思想上可輕鬆多了。在奧克蘭看風景，只要登上一百公尺的小山，就可以飽餐秀色，一覽無遺。市中心的伊甸山、一樹山和維多利亞山等都是遊客觀看奧克蘭的制高點，但除了角度稍異之外，看下去全是綠樹叢中密密麻麻的平房，幾乎沒有分別。〈臨江仙〉云：

> 一抹暗雲籠晚照，驅車伊甸山遊。平原四望洗牢愁。星棋清秀苑，翡翠水晶毬。　受難節前秋色動，南風吹泛寒流。藍天碧樹映江樓。人間留淨土，世外暫忘愁。

這裏用的是東坡詞韻，連用兩個「愁」字叶韻，可能一時疏忽，後人可沒有這麼大膽。我在星期四的黃昏登山，也就是耶穌的受難日。奧克蘭連賭場也停開，十分隆重。「南風」指從南極吹來的寒流，而冬天也快將來臨了。又〈殢人嬌〉則為登維多利亞山之作。這裏可以看到海上嬌俏迷人的火山島，線條優美，酷似富士山。

> 幻海迷藍，晃漾琉璃夢界。蕩平波、千帆無礙。島林沃壤，看火山神采。方圓地、奇維錦春長在。　浩浩長橋，溶溶嬌態。蒼茫意、晚雲晴黛。風煙散盡，換了柔茵瑤佩。招萬點繁燈，寶車流帶。

螢火蟲星系

　　奧克蘭南邊維多摩的螢火蟲洞舉世知名。不過這裏的螢火蟲可不是輕羅小扇撲流螢的飛蟲，紐西蘭的螢火蟲卻是不會飛的。牠們掛在牆壁上，發出青藍的幽光，口吐細絲，捕食小昆蟲。牠們一生都住在黑洞裏面，大約只有九個月的壽命。之後就會結繭成蛾，然後破繭而出。螢蛾沒有口，不能進食，牠們完成了交配的責任，三天後就死了。洞內有一條曲折的河道，在幽暗的光線裏，輕絲搖曳，氣氛幽秘。我們坐在拉動的木船上，密密麻麻的，仰望滿天星斗，幾乎形成了一個新生的星系。星系裏樹影婆娑，石灰岩洞造型多變，也就化成不同的星座，一叢一簇的，似乎都是上帝的創意。黑洞內船隨水動，水聲淙淙，大家默不作聲的，靜心欣賞這個奇詭的新世界。一道猛烈的強光刺人眼簾，我們到達洞口了。腦海中天旋地轉，久久不能平復。〈西江月〉云：

　　玉樹碧沈海底，一番幽喚春風。銀河星斗挂深叢。搖蕩綵舟飛鳳。　閃爍光傳暗紫，口中輕吐絲紅。生涯九月轉頭空。多少翠蛾愁夢。

　　羅托魯阿（Rotorua）是一個火山區，遍佈地熱，土地中不斷地冒出一縷縷的白煙，間歇泉向空中噴出巨大的水柱，熱氣四射，琉璜味充塞空氣之中，令人亢奮。詩云：

　　瓦卡地熱幻煙霞。泡沫泥漿滾燙窪。

　　間歇泉溫噴十丈，琉璜飄蕩滿人家。

　　當日泉水愈噴愈高，由於有人欣賞，它好像比遊客還要興奮；到我們拍完了照片，它也就停下來喘氣了，冒著輕煙，慢慢凝為一泓碧水，映著藍天白雲，然後天地間又重歸於寧謐當中。導遊說我們幸運，有些人住下來等大半天，也不見得會碰上噴泉啊！隨後一團團的白煙，像飄蕩的白雲，還依依不捨的送人登車而去。

仁寺洞

　　1996 年 5 月 23 日飛漢城，在機場與汪中老師會合。金彥鍾接機，帶我們去一億兆吃晚飯。夜宿新宮莊傳統的韓式旅舍。樓板下燒炕爐，暖和乾爽。早上幽綠搖窗，陽光拂面，感覺柔美。這裏位於漢城市中心鍾路區，附近景福宮和昌慶宮都是古代的大內秘院。新宮莊在狹窄的小巷子裏，全是古典優雅的平房，電桿電線亂成一團。巷子裏有咖啡室和茶館，有一家叫「詩人與畫家」，招牌上還有中文和英文，門外貼上韓詩和漫畫，引人注目。巷子外就是仁寺洞骨董品商店街，樹木青蒼，兩邊拉起一條條畫展藝訊的宣傳橫額，煥發出濃厚的文化氣息。街上遍是畫廊及茶具陶瓷、古董珍玩的商店，下午地攤上擺滿了工藝品和小飾物，更是熱鬧。至於通文館、同文堂、學古齋、東文選書店等則是古籍書店。北京榮寶齋也來這裏開了一爿分店，專賣文房四寶。拙詩〈仁寺洞〉云：

> 仁寺洞深晝日長。茶甘酒冽散清芳。
> 新宮莊炕冰河夢，一億兆爐燒味香。
> 骨董畫櫥觀漢籍，文房珍玩飾街廊。
> 朝來曉翠幽窗靜，潑綠流紅繫遠鄉。

　　金彥鍾在高麗大學任教，太太也是教授。翌日帶我們遊覽漢城。去年我們曾經在訓詁學研討會上見過面，可惜印象不深，在金浦機場要等到汪老師來才能確認。拙詩云：

> 金浦相待不相迎。賴有緣牽感至誠。
> 神仙佳侶春風色，舌粲蓮雲點絳英。

花郎護國禪院

　　五月廿四日浴佛節乃韓國國定假日。陸軍軍官學校特別開放一天，供市民參觀。軍校在漢城東北的孔陵路上，面對佛岩山，附近的泰陵則是古代帝皇的陵墓。校內的花郎護國禪院香火尤盛，參拜頂禮，絡繹於途。花郎指年輕軍人，乃新羅古語。前任總統朴正熙（1917-1979）、全斗煥（1955-1980）、盧泰愚（1932-　）等都出身於這所軍校。拙詞〈戚氏〉云：

　　佛岩山。祥雲曉日降神仙。四月嘉辰，孔陵高阜泛蒼煙。情閒。樂悠然。芳郊翠甸淨娟娟。官兵吉誕隨喜，萬民潮湧泰陵邊。校場修武，彎弓射日，石雕張力渾圓。有旌旗蔽野，師旅雷動，風雨連綿。　游侶盡解鞍韉。停車上道，喜樂悅心田。蓮燈燦、紫紅黃白，色彩翩翩。牡丹筵、入耳梵韻和弦。寶駕駐蹕來天。敬香頂禮，美果鮮花，灌沐修潔芳妍。　軍隊花郎好，立忠悃志，獻妙華年。護國修成禪院，更成仁戒殺眾生連。紅魚玉磬徹靈泉。故山北望，西楚分河漢。遍餓殍、蒿目愁非淺。唱悲歌、空慘瀛寰。布穀啼、揮涕哀還。杜鵑花、慷慨飾吟鞭。望長街去，明年柳陌，草樹香妍。

　　詞分三段。首段寫節日氣氛，軍校大校場周圍有很多壯男的雕塑，形神威武。次段寫禪院風光。寺內供奉了三座金佛，牆壁上刻滿了很多木佛。韓人以牡丹花供佛，蕉果飄香。殿上有八排蓮燈，白黃紅紫，璀璨奪目。末段寫韓人的願望，渴求國家統一。

重過東鶴寺

1990 年來過東鶴寺。當時重陽剛過，秋雨霏微，楓葉漲溪，遊人稀少，頗得淨境。忠南大學趙鍾業教授還引薦拜會牧昭、法杖二師，華嚴茶話，歷久不忘。拙詩〈東鶴寺〉云：

東鶴秋情逸，雨餘楓染川。

深齋聆妙偈，珍重結茶緣。

1996 年重遊東鶴寺，時值初夏，惠風和暢，喜鵲嚶鳴。雞龍山一路秀色，誘人深入。沿途翠樹繁花，春意撩人。溪水淙淙，紫藤花瓣漂浮水面，晶瑩透碧。魚蝦游躍，表現動感。東鶴寺是八世紀百濟時代的古寺，現在還有百多名僧尼在此修練。設有僧伽大學，牌匾用漢字寫「祖國統一弘願道場」，誦經之聲不絕於耳。寺前有唐代的古鐘，保護完好。山中杜鵑盛開，映襯四季通紅的楓葉；彩燈高懸，飄蕩山中，一燈即象徵一回弘願。大雄殿門的木雕壁畫，鮮麗多姿，並刻布四句詩偈云：

佛身普遍十方中。三世如來一體同。

廣大願雲恒不盡，汪洋覺海渺難窮。

東鶴寺香火鼎盛。寺門口有一位女尼，頭戴笠帽，倚坐石塔的旁邊，面對茫茫寂寂的雞龍山，誦經通禪。我遙望對面的華嚴室，當年的女尼可還留在寺中嗎？〈浣溪沙〉「重過東鶴寺」云：

日照雞龍洗俗塵。高臺笠帽誦經人。茶香迴蕩舊緣真。　爛漫山花禪境寂，迷離曲水紫藤春。華嚴隱秀一番新。

木蓮花

申貞熙是汪中教授的學生，現在漢城大學修讀博士課程，專研清詞，並在忠南大學兼課。她的丈夫金壽泰則是忠南大學國史學科的教授。在他們家中，我看到了汪老師的舊作〈采桑子〉「木蓮花」云：

> 不染纖塵全縞素，玉雪清頤。冷淡冰肌。鎮日含情有所思。　春前不共人爭豔，白日遲遲。林下風姿。待得重逢隔歲期。

木蓮花是一種藥用植物。葉呈掌狀，夏秋開花，或白色，或粉紅色。在陸地生長，與荷花長於水中不同。又稱木芙蓉或地芙蓉。汪詞清新脫俗，是人是花，一時莫辨。詞境煙水迷離之致，唾手得之。上片玉質冰肌，專摹神韻。下片寫秋花無爭，襯托出林下高人的逸韻，同時也帶出將來重逢時的渴望。當日我也寫了一闋〈歸朝歡〉「申貞熙宅和雨盦師木蓮花」云：

> 蘇小生來迷野澤。縞素霓裳偏尚白。不爭春意鬥芳華，天涯地角生危壁。西窗雨淅淅。含羞凝睇憐孤客。傲霜姿、君懷長繫，休向紅塵擲。　明日雲帆思挂席。聚散無憑淚沾臆。扶餘回首認前身，茜裙曼舞添愁色。佳人難再得。輕嚬淺笑情何極。散香雲、燈前枕下，今古神魂隔。

上片以蘇小小（479-502?）的幽姿映襯花色。同時也帶出一腔離緒，丁寧珍重，擺脫紅塵。下片扶餘乃百濟古都，城破日三千宮女在落花崖上投江自盡，場面悲愴，亦足渲染情節。

東方詩話學會

1996 年 5 月 25 日，韓國忠南大學校舉辦了「鶴山趙鍾業教授停年退任紀念——東方詩話學國際學術發表會」。趙教授 1930 年陰曆九月九日生，忠南禮山郡人，在忠南大學畢業及任教，臺灣師範大學博士，著《中韓日詩話比較研究》等，又編訂《韓國詩話叢編》、《日本詩話叢編》兩種，煌煌巨著，間接亦豐富了中國的詩話著述。趙教授現任宋子學研究所所長。去年他更將藏書捐獻給忠南大學圖書館，設立鶴山文庫及研究室。

趙鍾業教授退休紀念會由韓國學術院車柱環（1920-　）教授主持，鄭德基校長致歡迎辭，臺灣師大汪中教授致祝辭。漢城大學李炳漢教授及湖南師大蔡鎮楚（1941-　）教授發表專題演講。下午由各地的學者發表論文。紀念會同時出版《東方詩話論叢》一冊，該書的中、日文論文都附譯韓文。大會晚餐也十分隆重，席前有「論叢奉呈式」禮儀，忠南大學的師生獻書獻花，中國學者獻畫「碩果纍纍」，象徵豐收。

翌日中韓學者開會，倡議設立「東方詩話學會」。主要工作為發掘整理詩話文獻資料、加強詩話研究、開展國際學術交流、出版會刊等。為便於開展工作，即由發起人組成第一屆理事會，趙鍾業任會長，金周漢任秘書。學會並擬聘請車柱環、錢仲聯、船津富彥、饒宗頤、汪中等教授任顧問。1998 年在韓國舉行第一屆東方詩話研討會。

青草湖

　　新竹舊名竹塹，又稱風城。青草湖是新竹著名的風景區，這是日治時期修築的水庫。青草湖匯聚雅客溪水，湖面不大，但草樹蒼翠，曲折幽深。過去我曾經在青草湖中泛舟，藻荇交橫，游魚濯錦，橫枝蔽日，蟲鳥嚶鳴，天地凝碧，抖動一簾翠影，拂之不去。1994 年車過青草湖，卻見湖水乾了，湖中長滿了叢叢簇簇的青草，十分難過。原來市政府認為青草湖已沒有灌溉價值，不肯維修。其實秀麗的湖光也是屬於全市民的，陶冶性靈，亦有觀光價值，說不定還帶動附近房地產的發展，不見得浪費公帑。當日曾寫下〈過青草湖〉云：

　　冷雨寒雲竹塹城。旛飛風動客舟輕。

　　一壺黃釀春心老，青草湖中青草生。

　　詩中的旛飛風動只是一種喻象，實際上就是心動。我回想過去湖中的一葉輕舟，就好像酒醒過後，換成眼前的一湖青草了。1996 年 6 月，我重過青草湖，湖水竟然重現眼前，半湖草色，掩映山光，湖邊還有很多人垂釣。月下儷影雙雙，尤添佳韻。〈水龍吟〉「重過青草湖」云：

　　朝雲曉日清佳，湖心草漲青無際。雜花生樹，唧啾啼鳥，遠離塵市。爽氣山光，蒼煙嵐翠，人間幽事。看渭濱漁隱，嚴陵春釣，猛回首，廿餘歲。　遙想當年遊侶，蕩輕舟、小溪深醉。文魚躍錦，澄潭弄影，霜枝映地。仙袂飄飄，謳歌碎玉，一時風細。剩遺簪墮珥，零香舊粉，向寒波寄。

新竹紀行

在新竹開會，入住煙波大飯店。不期然想到崔顥（704-754）〈黃鶴樓〉詩的名句「日暮鄉關何處是，煙波江上使人愁」，我沒有崔顥的鄉情，所以也不必強說愁了。煙波大飯店位於古奇峰下，群山蒼翠，點染煙光。飯店全是平房，每間都有獨立的園景。飯店毗鄰青草湖濱的水壩，瀑布潺潺，蟲吟唧唧。晚上水壩下有些燈影和笑聲，風光幽秘。〈木蘭花令〉「宿煙波大飯店」云：

> 古奇峰下山光好。野徑燈昏行客少。夜雲驅夢月華開，青草湖風搖淺島。　園林清寂蟲吟傲。水壩幽波傳巧笑。城隍小館暫忘愁，飲罷彭家鬧醉倒。

當晚董金裕（1945-　）教授請我們到城隍廟側的彭家小館吃宵夜，淺嚐魚丸及米粉。地攤小館多的是政界聞人的傳說，有助談興。翌日老同學戴明坤（1939-2018）開車來接我到他家中。他住在上坑村坑子口，世代務農，現在他當中學老師，土地交給人耕種。我在戴家農舍住過，現在則改建為新房子了。兒女長大外出，夫妻二人生活平靜。平疇綠野，果樹繁茂。屋前的第倫桃，枝椏蒼勁，葉子掉光，正在抽芽。飯後漫步臺灣海峽，對岸就是平潭。這裏的紅毛港曾是荷蘭人的舶口，現在還有很多小漁船出海跟大陸做生意。〈過新豐鄉戴明坤宅〉云：

> 重過坑子口，平疇彩稻香。
>
> 清陰圍翠竹，佳果結檳榔。
>
> 池府王爺廟，紅毛海舶鄉。
>
> 午風拂暖夢，雙燕語雕梁。

沙田詩

　　從沙田遷往九龍，不禁有種惘然若失的感覺。在中大先後住了十一年，山中日月，桃花紅雨，已難適應沙田的紅塵世界；沒想到在沙田一住七年，現在更遷往九龍鬧市，回望城門河的煙光嵐影，亦成斷片。劉皂〈旅次朔方〉云：「客舍并州已十霜。歸心日夜憶咸陽。無端更渡桑乾水，卻望并州是故鄉。」此詩相傳為賈島（779-843）作，但賈島是范陽人（北京市大興區），不是咸陽人；此外賈島也沒有在并州（山西省）住過。我們現在不管作者了，通過這首詩，原來鄉情是可以轉移的。空桑三宿，難免有情。劉皂的鄉情從咸陽轉移到并州，而我則由中大而及沙田了。遠近雖殊，但對土地的感覺卻無分別。〈晨光〉云：

十里晴川漾曉妝。瀝源橋上沐晨光。

瓊樓夾峙佳山水，祠廟深藏繞畫牆。

一葉輕舟通蠆浦，八仙幽嶺隱鸞凰。

紅綃翠練襌雲寂，綵帳寒屏耀太陽。

〈山村〉云：

沙田回望非人間。豪宅迷離渺碧灣。

路入雲村幽意溢，一條曲徑上獅山。

〈道風山〉云：

近仰道風高，遠隨山勢逸。

凌空倚碧穹，無復峰巒出。

〈雨景〉云：

一霎寒雲掩翠樓。跳珠碎玉散輕漚。

城門河上瀟瀟雨，催動無人雙木舟。

恆春半島

恆春半島位於臺灣的南端，屬於熱帶氣候，四季如春。恆春半島又有兩個小半島，貓鼻頭西瀕臺灣海峽，鵝鑾鼻則東臨太平洋，它們握守著巴士海峽，與菲律賓遙遙相望。貓鼻頭是珊瑚礁海岸，散開來像褶裙一樣，白浪為裙子綑邊。六月的早上，天容海色，雲霞舒卷，澄藍溶綠，觸覺柔嫩。拙詞〈虞美人〉云：

> 天涯地角連芳草。悄立懸崖小。珊瑚礁石褶裙開，雲影波光彩日捲潮來。　澄藍溶綠留深愛。悠蕩孤舟在。迷茫海色幾回同。淡掃輕描浩宇起長風。

鵝鑾鼻在排灣語中指船帆石。船帆石矗立海中，原是珊瑚礁石滾落海中形成的景觀，近看卻似人頭。夏天的鵝鑾鼻烈日當空，乾旱炎熱。我們在茂密的熱帶雨林中穿過，這是舊日的海底。珊瑚礁石飽經風雨侵蝕，形成各種峽谷和洞穴，蜂窠狀的岩巢中時常冒出野花和蝴蝶，令人想起優美的龍宮世界。遙望海峽從渺遠的深藍淺藍到近岸的微黃白浪，更表現出不同層次豐富的色感。〈八聲甘州〉云：

> 又乘風千里壯南行，鵝鑾滄懷歸。記排灣人語，船帆片石，燈塔清暉。湧出鯨濤鼇浪，萬載景全非。無限桑田意，滄海忘機。　我亦鮫宮遊侶，過嶙峋迷穴，高下煙霏。似文魚穿插，拂水藻綿稀。更晶瑩靈珠玉蚌，願永諧歡好不乖違。武陵路，多情龍女，相顧牽衣。

鹿耳門

　　鹿耳門港是臺南的漁港，一列長長的海堤伸入蒼茫的臺灣海峽之中。堤上遍插黃色的「鄭」旗。堤端有一塊巨石，上寫「府城天險」。據說永曆十五年（1661），鄭成功（1624-1662）的舟師得到天上聖母的庇護，潮漲數尺，從鹿耳門登陸，收復赤崁，驅逐荷蘭人。海邊有鎮門宮，供奉媽祖，香火鼎盛。拙詞〈西江月〉云：

> 金廈風雲澎湃，不甘異族招安。忠臣孝子試朝官。日月丹心可案。　飛渡鹿門天險，河山光復何難。臺灣海峽捲狂瀾。歷史千秋公斷。

　　臺灣媽祖廟遍佈全島，鹿耳門的天后宮一連三座廟宇，氣派雄偉。雕樑畫棟，顏色鮮麗。屋頂上有三層屋簷，每層都刻上很多神話傳說和民間故事，也就像舞臺一樣。至於屋頂昂起的燕尾雕飾，二龍爭日，栩栩欲飛。此外臺南縣北門鄉又有南鯤鯓代天府，位於急水溪入海口。附近鹽田魚塭，物產富饒。廟宇奉祀李、池、吳、朱、范五王，疑為明末反清義軍，漂流來臺，因附會神靈傳說。廟始建於康熙元年（1662）。鯤鯓乃海上沙洲，遠望似鯨魚。廟後有白桄榔樹，相傳為神靈託身之所。廟宇顯赫壯麗，香火尤盛。〈臨江仙〉云：

> 急水溪沙浮島汕，桄榔白樹含情。五王巡狩海波平。帆檣金粉碧，仙樂載船行。　香火綿延三百載，鯤鯓天府隆榮。魚鹽豐饒稻穀登。袞龍環柱石，燕尾瑞雲生。

廈門秋日佳會

香港朱志強營商之餘，雅好吟詠。1996 年 8 月 23-27 日，他邀集了二十多位著名的中青年詩友，在廈門大學雅聚，名之曰「秋日佳會」。他們多是中華詩詞學會的成員；而蔡厚示（1928-2019）及李汝倫（1930-2010）則是當代詩壇的前輩，應邀來作顧問。香港有李國明（1946-2016）和我出席盛會，很多詩人早在作品中認識了，能夠見面交流經驗，說來也是難得的機會。我們遊覽之餘，還時常討論到詩詞創作及發展契機，把酒言歡，氣氛熱烈。熊東遨（1949-　）〈鷺江詩會喜晤海內諸賢專呈寄意〉云：

曾從白下覓詞章。又擷秋英過鷺江。

為小荷憂時雨少，因高木惜陣風狂。

二分春色歸塵土，一半生涯屬稻粱。

聊慰靈光俱未泯，相期共譜滿庭芳。

首聯白下指南京之會，鷺江則為廈門。頷聯句法生動，「小荷」象徵青春，「高木」則喻詩的境界，寫出他對當代詩壇的憂慮。頸聯感慨歲月的流逝。末聯則有相互勗勉努力之意，創出契機。朱志強詩興大發，在會上即席印發了十二首，錄〈秋日佳會〉其四云：

檻外潮聲入夜喧。望中何處不飛幡。

小樓芳事詩千首，大宇清秋月一盆。

四海鴻來傳曲韻，十年壇建共心轅。

騰驤短驟終須別，莫厭新醅鷺酒渾。

首聯潮聲和飛幡，皆由心動，而寓意自見。頷聯一盆秋月，意境豪邁，想像奇崛。頸聯寄寓同心合力。末聯乃主人致辭，珍惜佳會。

鷺江濤浪起龍吟

1996 年 8 月 23 日初抵廈門，廈大黃拔荊（1932-2016）教授親來接機，並安排我們入住蔡清潔樓。推窗東望，一片汪洋，在漠漠的風煙中，還可以遠眺小金門及大擔、二擔各島。宿舍的露臺則下眺廈門大學的園景，園中有湖，深綠醉人；紅樓翠樹，氣象雄渾。黃昏時海面一片昏黑，魚龍怒號，風雷大作。晚上雨過天青，則由炎暑而生出陣陣早來的秋意了。拙作〈廈門大學〉兩首云：

翠蕪煙樹綠湖深。碧海柔藍媚綺岑。

遙島寒瀾生白日，鷺江濤浪起龍吟。（其一）

炎暑薰風綠一泓。楹花龍眼入簾旌。

淋漓潑墨黃昏雨，換得人間秋意生。（其二）

晚上劉夢芙（1951-　）來訪，他是安徽才士，幼承家學，神交已久，談興高張。他指定了幾個詞調，希望大家同作。拙作〈齊天樂〉「廈門秋日佳會，依清真韻」云：

五湖四海詩文會，鷺江相逢炎晚。魚市腥雲，蠔田翠浪，錦繡霓裳新剪。筼簹岸掩。遍綺閣瓊樓，瑤甍金氈。鄉國升平，海滄新建肆舒卷。　　秋風吹散濃暑，黃昏才過雨，涼思無限。孔府家香，閩村小食，難禁酒腸輪轉。天涯未遠。有一曲清歌，繫人觴薦。幾度蘭亭，盡歡愁黛斂。

廈門機場附近遍海蠔田，看下去十分壯觀。筼簹內湖及外湖兩岸都是崛起的新商業中心，高樓大廈，規劃整齊。隔岸有海滄臺商投資區。下闋蘭亭即喻文人的雅集。

翠帆悄度明鏡

廈門名勝極多，胡里山炮臺遠眺臺海波光，過去是海防重鎮，清軍曾與英國侵略者展開激戰，鬼神壯烈。後來國共內戰，這裏就成了兩軍的前哨了。1970年，我從金門馬山遠眺廈門，景物依稀，淚盈於睫。現在則從廈門回望金門，卻已經嗅不到戰火硝煙的味道了。拙詞〈湘月〉「胡里山炮臺，依白石韻」云：

> 百年古炮，對湖山寂寞，千萬風景。炎暑來遊，天海闊、白日青雲高興。鴉片煙銷，魚雷沈落，一二行人冷。蒼巒龍虎，翠帆悄度明鏡。　遙望大小金門，榕陰搖綠，怒濤橫兵陣。恩怨方消，宜化解、兩岸合添佳勝。戰壘秋光，海崖夕照，佇待春歸信。馬山回望，模糊淚眼猶省。

現在金門已成了旅遊區，只要買到機票，隨時可以前往。兩岸通航在即，將來由廈門到金門，大概只是十來分鐘的船程。兩個旅游區連在一起，全國獨一無二。過去我也寫過〈蝶戀花〉云：

> 馬祖金門形勝地。海峽微茫，血水濃難比。恩怨情仇須共洗。天空蕩蕩同雲水。　貨殖關譏開兩市。咫尺神州，平地風雷起。畫閣崇樓閒買醉。帆檣雲集遮千里。

鼓浪嶼素有海上花園之稱，現在看來顯得有些破落。日光岩雄視全島波光，天風浩蕩，振衣欲飛，令人神情暢旺。拙詩云：

> 廈門自古英雄地，赫赫金輝日光岩。
>
> 一島如環天海闊，迎風歌嘯振衣衫。

閩南古村

　　1996 年 8 月 26 日早上，朱志強邀約我們部分與會的詩友到他老家同安參觀。他們是越南歸僑，在馬巷鄉下蓋有一套房子。塘仔頭現名桐梓，這是一條閩南古村。村中務農的不多，很多農地空置著，堆放垃圾。據說是國家特許的檢破爛的地方，讓廢物循環再用，而整條村子亦因而富裕起來。這裏很多都是清代的建築，屋頂有一條弧線，兩邊的尖角上翹，造形比較特別。村中有唯一的金天娘娘廟，供奉天后媽祖，旁邊是舊日的書塾。可惜就是缺少維修補養，只隨著歲月的不斷殘破。朱志強在這裏讀書長大，他除了帶我們到新居參觀外，還帶我們穿越了時光古巷，回到前清的舊房子裏去，這倒跟新界祠堂的建築風格有些相似。他指著一間廂房説，這是他小時候讀書的地方。人間有情，舊屋還能保持完好，多少是令人有點羨慕的。拙詞〈木蘭花令〉「朱志強伉儷招遊同安，依東坡韻」云：

　　同安馬巷風情好。桐梓幽居人事少。前清村里耀斑斕，微漠海山涵遠島。　　巍峨祠第江天傲。紅袖書聲留淺笑。依依梅柳燦春光，煥發詩才真絕倒。

　　此詞有些誇張成分，摻入了想像情節，釀造氣氛。例如紅袖書聲是將現實的影像疊加到昔日的情節上去；而依依梅柳權借春光，也不是現場景色。不過在寥廓的江天中保留清代的古建築群，自然值得同安人驕傲了。

釣臺芳草國魂迢

中秋節的前一天傳來了陳毓祥（1950-1996）溺斃的死訊，使香港保釣的情緒猛漲到了沸點。陳毓祥是在宣示國家主權的嚴正立場下跳海的，在重重的日本軍艦包圍下，他能做的都已做了。求仁得仁，保釣行動使他生命畫上美麗的句號。我們在哀傷之餘，亦應該因陳毓祥的不朽而驕傲。拙作〈悼陳毓祥〉云：

> 茫茫東海一孤舟。大漢男兒壯遠遊。
> 天地沈淪秋色冷，風雲激盪曙光浮。
> 拚將淚血澆荒島，更擲頭顱補玉甌。
> 易水悲歌聲未竭，釣臺芳草國魂迢。

保釣運動牽涉國家主權的爭議，當然不會是三言兩語就把問題解決的。這只能是政府間的工作。但陳毓祥之死卻把釣魚臺的主權問題國際化了，或者亦足以喝醒日本右翼分子的迷夢。

番禺謁屈大均墓

　　屈大均（1630-1696）逝世三百周年，廣東炎黃文化研究會於 1996 年 12 月 10-12 日假番禺市政府綜合樓舉行「屈大均的思想在嶺南文化史中的地位國際研討會」，會上出版《屈大均全集》。大會還安排車隊帶與會代表參觀新造鎮思賢村（舊稱沙亭）屈大均的墓地。屈大均葬在雙親旁邊，過去荒煙蔓草，猶幸保全。現在市政府修好了上山的小路，增建白玉牌樓及思賢亭，列為廣州市重點文物保護單位。山下是連綿的田畝和魚塘，蒼翠清幽。本來也要入村參觀的，但人多路窄，臨時取消了。拙詞〈滿庭芳〉「番禺謁屈大均墓」云：

> 新造沙亭，春秋吉旦，一行車隊繁忙。千秋俎豆，形勢要人強。猶幸祖墳同穴，齊抵擋、雨橫風狂。陰霾散，神州光粲，俯首拜詞場。　　難量。江海志，飄零紫塞，僧道無妨。更綺懷幽約，兒女情長。且買陂塘養志，魚龍寂、火傘高張。三百載，嶺梅香烈，代代綻清芳。

蓮花山

　　蓮花山位於番禺市的東北，前臨獅子洋，緊握廣州航道的咽喉，形勢險要。清初在山上築蓮花城，駐守重兵。現在市政府重修清兵營，供人遊覽。山前新建的觀音寶像，金光燦照。山下是古石場的遺址，石塊都是筆直硬削下來的，工程壯觀。一說南越王墓的石塊就是從這裏開採出來的，一說林則徐（1785-1850）曾在石場裏設臨時將帥府。石景區奇岩幽洞，碧沼石林，著名的景點有燕子巖、百福圖、蓮花飛瀑、峭壁飛榕、神仙塌、觀音巖、獅子巖、飛鷹崖等。從山頂俯瞰，一根根的石柱插入地表，玄妙似八陣圖；從谷底仰望，巨石摩天，高不可攀。谷底迴廊曲折，小橋流水，花木葱蘢，別有洞天。拙詞〈木蘭花令〉云：

　　蓮花城上登殘壘。獅子洋開千百媚。雄邊儒將護江干，北極朝廷何酩醉。　觀音金箔寒光沸。峭壁飛榕探雅意。神工鬼斧石場深，出沒燕巖煙谷裏。

虎門大橋

　　番禺是嶺南名城，歷史比廣州還早。例如「番」(fān)字現在讀輕唇音，但傳統地名仍讀重唇音(pān)。番禺的餘蔭山房建於同治三年(1864)，乃廣東四大名園之一。園林面積雖小，但亭臺樓榭，曲徑迴廊，虛實配置，結構巧妙。園景東邊有玲瓏水榭，圍於八角池之中，假山凝紫，古樹扶疏。西邊以荷池為中心，池北有深柳堂，池南則為臨池別館。中間以浣紅跨綠的拱橋連在一起。拙詞〈菩薩蠻〉云：

　　浣紅跨綠開宮扇。古藤深柳迴廊轉。疏徑翠魚驚。芰荷香粉零。　玲瓏亭榭草。搖落秋心老。幽夢倒流間。奇光一百年。

　　番禺的虎門大橋快將完成，橫跨珠江兩岸，巍峨壯觀。從南沙港乘船回港，才一小時多。夕陽金波，水色空明。詩云：

　　南沙逸興虎門橋。盤結珠江奮大鵬。

　　千里重洋開遠浦，百年煙恨洗前朝。

　　明珠閃爍荒灘改，公路縱橫佳氣饒。

　　一棹香江衝浪闊，金波孤嶼燦瓊瑤。

湊熱鬧

1996 年 12 月 14、15 日，澳門寫作學會舉辦「寫作與欣賞國際研討會」。除了學者之外，廣州後浪詩社周燕婷（1962-　）、蘇些雩（1951-　）也趁雙休日赴澳出席盛會，介紹當前青壯派的詩詞創作。周燕婷是廣州第四十六中學的物理老師，卻以填詞出名。會上林佐瀚（1935-2001）以鶴頂格賦七律一首，嵌入「澳門寫作研討學會」八字，程祥徽（1934-　）和作，我也湊熱鬧的繼韻一首：

濠海文華輻射傳。迎來筆會更周延。

綵毫漫點風雲色，明道旁參歡喜禪。

學術商量新世紀，儒林雅集惜因緣。

紅蓮歲歲人間韻，大雅弘揚大有年。

蔡厚示教授在拱北關前發現證件缺了外事辦的蓋印，結果要坐飛機回福州補蓋，得詩一首。馮剛毅（1944-2020）和韻，我也寫了一首。

遙望澳門未見門。福州來去誤朝昏。

藍關雪擁詩情苦，珠海雲橫燈火溫。

有限光陰憐逆旅，無端風雨振吟魂。

再逢濠鏡聆高論，滾滾長河猛浪奔。

停雲詩社

1996 年 12 月 25 日，停雲詩社假新店張夢機家舉行雅集，出席者有羅尚（1923-2007）、汪中、張以仁（1930-2009）、陳新雄、陳滿銘（1935-2020）、杜松柏（1935-　）、沈秋雄、傅武光（1944-　）、陳文華（1946-2020）、文幸福等。我路過臺北，有幸獲邀出席盛會。本集的詩題有〈碧潭感舊〉及〈讀畫〉兩題，古體、近體各一首。停雲詩社 1979 年成立，已有十七年的歷史，社員多是師大的詩學教授及臺北詩壇的名家大家，水平極高。他們對社集的態度十分認真，每人帶來影印的詩稿，交互派送。我寫了〈碧潭感舊〉一首，由於不懂規矩，也就沒有影印傳送了。

眉嫵林花寂，寒潭綠一泓。

鶯啼歌舞媚，人語水雲輕。

藻石留煙艇，茶香蕩晚晴。

虹橋如有待，日月淡空明。

碧潭位於新店溪中游，為臺北名勝。儷影雙雙，泛舟湖中；茶棚品茗，清香四溢。我想起少年時的擱淺經驗，也許是藻石多情了。碧潭有一條古吊橋，1937 年建成，橋長二百尺，裝點著湖光山色，可惜剛於十一月關閉。

古木幽巖圖

停雲雅集有「讀畫」一題，我檢出家藏溥心畬（1896-1963）「古木幽巖圖」手卷，遍徵諸家題詠。此卷是溥師太送的。溥師太精神奕奕，她在北京還有房子，每年都要去幾趟大陸。先是臺靜農（1902-1990）教授為手卷題了「古木幽巖」四個大字，後來陸續請勞天庇（1917-1995）、汪中、蘇文擢、顧植槐（1919-　）、陳新雄諸先生題詩。拙詩〈伯時邀約出席停雲社宴，藥樓高會，詩仙詞客，一座星輝。余出示溥心畬「古木幽巖圖」手卷，廣邀題詠〉云：

> 停雲招飲藥樓家。仙樂飄飄謫彩霞。
>
> 佳句琳瑯雕藻翰，綺懷隱約泛靈槎。
>
> 碧潭高會瑤池宴，古木幽巖上苑花。
>
> 青眼相邀留後約，江山風雨縮龍蛇。

張夢機病後著《藥樓詩稿》，現在還得坐輪椅，近年見面較少，身體稍胖。羅尚也是多病折磨，尚幸神情暢王。此集與會者十二人，大家多能豪飲痛飲，酒興極高，辭鋒凌厲，綺懷雋句，主客盡歡。彩霞星輝，目眩五色。

吳中名士

　　李猷（1914-1996）是當代臺灣詩壇的大家。李猷，字嘉有，江蘇常熟人。十七歲從楊圻（1875-1941）學詩。先生出身世家，一門風雅，伯父李鍾乃吳昌碩（1844-1927）入室弟子，書畫篆刻，均負盛名。父李鈵（?-1941）善詩畫，妻女亦學畫；其〈元昇兩孫書畫歌〉云：「我家書畫今五代，不料新手歸兒童。」洋溢自得之情。戰時兩度寓港，赴重慶任職交通銀行。1949年再來港，任職交通銀行，住太子道222號，一住四年，1954年偕妻女定居臺北。1979年從銀行退休。現任國史館特約纂修、中華學術院詩學研究所副所長。李猷以詩鳴，典雅溫潤，文采風流。此外擅寫古文，書法更負時譽。著有《紅並樓詩》、《紅並樓文存》、《紅並樓詩文集續》、《近代詩介》、《紅並樓詩話》、《龍碙詩話》等。李猷主編《中華詩學》，內設專論、文選、詩話、詩壇、詞壇、海外新聲、曲選、聯話、詩鐘、輯佚各欄，也是海內外本唯一專門發表古體詩文的雜誌，豐富現代文學的領域。1989年，李猷來港會親，一醉十二日；拙作〈水龍吟〉「呈嘉有詞丈」云：

> 蓴鱸菊蟹清江，無端幽思秋風起。紅樓紫陌，香塵軟霧，少年酣醉。燕谷園林，崑山歌曲，歡諧魚水。念吳中名士，桃花碧血，詩書畫，談笑裏。　最是人間譖後，莽蓬壺、間關千里。田園蕪穢，天心巨測，可憐遊子。海角棲遲，風雲變幻，傷心難記。嘆香江雨潦，縱橫激蕩，恁淒涼是。

英女皇加冕詩

1949 年，李獻三度過港，一住四年。其〈重到香港〉以繁燈象徵香港，烽火餘生，而「亂」字更點出了內心的感覺。

昔日倉皇去，今朝躑躅回。

十年成一夢，萬里忍重來。

海市繁燈亂，山樓盛宴開。

傷心歌舞地，孤客有餘哀。

1952 年 2 月 6 日，英女皇（1926-　）登基，1953 年 6 月 2 日加冕，這是當年殖民地政府的盛事。李獻〈六月二日，英女皇加冕。香島闔城溢郭，游觀甚盛；余與大綱兄望衡相對，閉戶而已〉云：

火樹銀花照夜明。羈人心底總淒清。

冕旒此日登皇極，玉帛何時復舊盟。

積雨得晴鶯仗豔，和風微動樂聲輕。

不堪回首臺城路，又薦櫻桃未復京。

李詩以逃難者的眼光觀看異鄉的盛典，不能投入，自然是百般滋味在心頭了。

有關英女皇加冕詩，當時的詩集中時有發現，一般藝術的水平不高。例如《健社詩選第二輯》錄崔龍文〈英女王加冕〉云：

莊嚴璀璨寶珠冠。處處笙歌盡慶歡。

獨惜皇華虛一席，美中猶憾不堪觀。

又譚毅吾亦有〈香港祝冕會景〉詩。二詩表現平庸，崔詩「虛一席」，譚詩「花街乞兒」都不好講，比不上李獻詩的詞采。

行人佇候夾康莊。景貫通衢爭睹忙。

鑼鼓逢逢聲大小，旌旗颭颭色輝光。

新臺佳麗笑揮手，花街乞兒哭斷腸。

雨灑繡衣簑服變，天公有意玩倉皇。

尼加拉瀑布放歌

李猷《紅並樓詩文集續》載錢仲聯（1908-2003）題辭云：「紅並樓主人鬢底東溟，幾看揚塵，咳唾隨風，莫非瑰寶。近更如小倉老人所云：吟到中華以外之天。瑤草琪花，又拓異境；衡諸雲史先生，智過其師，斯能傳法。」案集中有乙丑（1985）游美詩卷，得詩五十四首。又戊辰（1988）詩卷有重游美加詩二十七首。其中兩寫尼加拉瀑布，共得三詩，尤為壯麗。〈觀美加兩國尼加拉大瀑布放歌〉云：

> 一湖萬頃波平天。渟滀洋溢寬無邊。風水相擊生飛泉。臨崖直落垂深淵。匯聚峽谷成長川。中有游人驅危船。突穿水後一葉扁。刺面但覺寒雨濺。激而上散萬珠圓。兒童拍手呼生煙。美加接壤相啣連。一水四布能周全。或者白如匹練懸。或者彎彎如月纖。凹凸之形隨所占。美哉到處成珠簾。

此詩共四十三句，句句用韻。上文為首段，驚險壯觀，一氣流轉。下文寫遊客，寫夜色，冥攝奇景，紛紅駭綠。〈八月廿三夜自多倫多歸見尼加拉瀑布夜景甚美〉云：「停車觀飛瀑，黝然瞰大澤。明燈射奇景，瞬息變紺碧。大勝在昔遊，奔騰動魂魄。」又〈重游美境尼加拉瀑布〉云：

> 及登百尺樓，出臨飛瀑頭。下視驚奔騰，凜然不能留。壯濤腳底生，雲氣眉間浮。濺珠同碎玉，擊膚如矢鏃。神欲挾我去，隨風落寒湫。昔年徒遠觀，覘勢已極遒。今則凌其巔，平視清波流。

香港雜詩

　　1989年，李猷來港會親。其〈香港雜詩〉二十首，以詩代言，直抒胸臆，天倫樂聚，情見乎辭；李猷又排日跟香港藝壇的老友相聚，濡染大筆，跌宕風雷。序云：

　　別港三十五年矣。今歲以約滯留大陸之長子楨及孫女祖，並長女麗及婿張榮光相聚。以八月三日往，十四日歸，凡十二日。朋好招邀，排日飲宴，兒輩得與其盛。親情既浹，朋誼尤敦。作此雜詩，以當日記。

　　諸詩前七首勗勉子孫，〈夜話〉云：

　　明燈集斗室，踞坐話家常。彷彿在夢中，言之真可傷。天幸各強健，未為百劫創。願今各平安，家室長安康。今亦既遘止，不勞九迴腸。

　　中間十二首寫當時交接的人物，依次為潘新安、陳荊鴻（1903-1993）、蘇文擢、吳天任（荔莊，1916-1992）、李鴻烈、李國明、張鼎臣、蘇錫文（1912-　　）、卜少夫（1909-2000）、沈葦窗（1918-1995）、趙敏夫、黃坤堯等。〈沈葦窗兄〉云：

　　瀟灑沈東陽，博雅能文章。高文羅百家，諸藝亦當行。一編汗青日，四海覘清光。微言時得中，南天發光芒。

　　沈葦窗獨力編輯《大成》，卒後則成絕響，言之可惜。末首〈別子女返臺〉云：

　　別情亦既紓，相聚縱無饜。言歸悵匆匆，互道重相見。飛驛一揮巾，清淚不著面。郵書今已通，微波捷逾電。不必悵分離，天風會有便。

悼李猷

拙著《詩歌之審美與結構》剛於 1996 年的除夕日在臺北的文史哲出版社出版。此書的封面由李猷（1915-1997）先生題字。1996 年 6 月，我去和平東路的紅並樓探望李猷，擬將近年所寫的詩學論文彙為一書，李先生看過了目錄，就為拙著寫下了這個名字。七月李猷寄來了兩幅題字，行書及隸書各一，我都交給了出版社，結果選用了行書一幅。八月廿三日的晚上，李猷不幸被一位醫生酒後開車撞倒了，延至九月九日逝世，享壽八十三歲。出版後看到先生的題字，老成凋謝，感慨無端。〈除夕弔紅並樓〉云：

老成凋謝劇神傷。紅並樓高樹影長。

風雅一門親藕石，江山萬里嘯鸞凰。

論詩掩映風雲氣，履道涵濡翰墨香。

今日縹緗留寶篆，九泉無路寄詞場。

李猷江蘇常熟人，家境富裕，累世書香。李猷師事楊圻（1875-1941），楊著《江山萬里樓詩鈔》，在民國詩壇中享譽甚隆。

苗栗摘草莓

　　1996 年 12 月 27 日，早上從苗栗出發，左松超教授開車沿汶水溪入山，先到圓墩。溫泉遍佈，山中到處冒出蒸汽。又沿途都是草莓園。草莓就是士多啤梨，生長期在每年的十二月到四月。草莓田像菜田一行一行的，排列整齊。草莓在青蒼肥厚的葉子覆蓋下，像是一顆顆鮮紅美麗的小精靈似的，從泥土裏跳出來，心中扑通扑通的，睜眼偷窺這個美麗的新世界。當日金黃的陽光遍灑大地，天空蔚藍得不雜纖塵，而山風更像是透明的小白貓，抱起來滿懷草香。小孩子首次看到這麼一大片的草莓園，專挑又紅又大的，實在樂透了。中午在泰安鄉錦水村的小店品嚐鱒魚土雞。這裏是泰雅人的鄉土，遠離塵囂，風光秀逸，幾乎連山色也一併吃下去了。飯後再到大湖摘草莓，遠望四壁的山牆，連綿無際。〈華清引〉云：

　　圓墩地熱湧溫湯。曲水虹梁。揭開汶錦春色，氤氳綠野旁。　朝陽柔被一床床。紅珠嫩葉青蒼。晶瑩圓露滴，香氣溢山牆。

遊宜蘭

　　1996 年 12 月 28 日，沈秋雄約遊宜蘭，同行有邱德修
（1948-2017）、呂武志（1956-　　）及師大國研所宜蘭巡迴班的同
學。老師們都帶同師母出席，敦品厲行，可為身教。晚上住宿
棲蘭山明池森林遊樂區，標高 2101 公尺，寒風砭骨，霧靄迷
茫。飯後邱德修沖泡幾款名茶，一室幽香。早上六時許，沈
秋雄來電約遊厥園，可惜我抱頭又睡著了，寒林曉日，仙縱渺
渺，醒來迎面山間的爽氣，難免悵恨。〈宿明池〉云：

　　有緣結伴上棲蘭。山水浮生畫影看。

　　可是高寒春睡足，明池仙色霧團團。

　　早飯後遊神木園，大多是檜柏之類，經考定年歲以後，即
以同齡的古人命名。最老為孔子，年輕的有鄭成功。後來碰到
了蘇東坡與楊貴妃在一塊，亂點鴛鴦。〈神木園〉云：

　　神木園林百數株。美人豪傑戲相呼。

　　尋名訪樹思青史，華夏風流一卷圖。

飄然一杖中

沈秋雄有〈丙子仲冬，偕德修、坤堯、武志諸教授與師大國研所宜蘭巡迴班諸生同遊棲蘭山神木園區，樹皆依其年歲命以先賢之名，有孔子、司馬遷、諸葛亮、陶淵明、李商隱、歐陽修、蘇東坡之屬，為數甚夥，不可殫舉〉云：

多少傷時意，飄然一杖中。

喬柯傍曲徑，黛色洗寒瞳。

閑靜仍元亮，恢奇是史公。

分明遺烈在，自昔仰高風。

近來沈秋雄詩寫得比較蒼勁和剛烈，感時傷事，歲月崢嶸。當日他感染腸炎，身體虛弱，不敢吃東西，策杖緩行，飽覽寒林煙翠，雲海蒼茫的美景，或可療飢。拙詩〈贈伯時〉云：

伯時策杖山中去，出沒煙霏樹海幽。

紅檜青杉黃扁柏，盤胸潑墨寫蒼虬。

伯時即沈秋雄的字號。詩中「杉」（shān），只讀平聲，粵語誤讀去聲。

牛鬥原是蘭陽溪的河床荒地。這裏有兩個魚池，一養錦鯉供觀賞，一養鱒魚供垂釣。〈牛鬥〉云：

兩山牛角鬥雄豪。高壑深谿芒草高。

種出荒灘桃李樹，可憐鱒鯉不同漕。

醉遊平溪

　　1997 年元旦日早上隨陳新雄老師及師母爬山，那是位於臺北東南松山一帶老區的後山。我們從虎山登上，從獅山下來，遠眺豹山和象山，而山外就是南港的中央研究院了。臺北近郊山間住了很多人家，有些還是養土雞的農場，雞鳴狗吠，人來人往，熱鬧而又拘束，可惜就是缺乏寧謐和空闊的感覺。香港的慈雲山和獅子山看來要好得多了。

　　中午金樽午宴，酒濃菜美。飯後陳老師要回家午睡，董忠司（1947-　）不喝酒，意猶未盡，他說上次開車只過了深坑，還未到平溪，要帶我們再去一次。我想不去，陳師母戲說寫〈醉遊平溪〉的詩好了。結果我上車就睡著了，醒來還困在木柵動物園附近的車龍中，原來節日塞車，連深坑也到不了。黃昏時折返臺北，醉夢中得詩二首：

　　金樽佳釀蕩春魂。彩蝶翩翩鳥雀喧。

　　山水有情招遠客，幾回午夢過芳村。（其一）

　　瀟灑紅塵走一回。山花含笑白雲隈。

　　醒來木柵爭車路，遙望平溪日影隤。（其二）

詩羽雲裳

六棉佳會

常宗豪教授退休後移居澳門，友人多渡海相會，賦詩飲酒，每得佳什。李鴻烈〈丙子歲闌偕丈人訪劉抱璞、常魯齋仳儷濠江，飲於氹仔六棉酒家，自晝至夜，大醉，拈韻得真字〉云：

良夜寧須卜，酒懷已入春。

為歡六棉客，何異竹林人。

閱世應頭白，論交到老真。

相思了無益，端合往來頻。

借酒抒懷，情真意切。又〈六棉席上，忽念疇昔，賦此即呈二范堂主人〉云：

已斷千秋想，朋來一醉休。

江湖懷少日，風雨泛中流。

二范殊堪慕，三巴自可留。

橋南多逸趣，好去狎群鷗。

劉紹進（1932-1997）字抱璞，號二范，蓋景仰范蠡（536-448 B.C.）、范仲淹（989-1052）二賢之意。多年前已移居澳門，他們三人同出陳湛銓及梁簡能（1904-1991）門下，四十多年的交情，老而彌堅。李鴻烈的五律簡古精淬，時露鋒芒。當日劉紹進亦有贈潘小山詩云：

濠江一住幾經秋。昨夜文星動斗牛。

誰使陽和生歲暮，潘郎來醉古蠻州。

潘郎即潘新安，即李鴻烈丈人。劉詩意氣風發，躍然紙上。

哀悼蘇公

蘇文擢（1921-1997）教授剛於四月二十日病逝，消息傳來，不禁愕焉愴焉惘焉慟焉，心緒煩亂。蘇公孤直耿介，一直以聖賢之道相許；誠正謙和，感化學生。1985 年在香港中文大學退休後，蘇公仍然努力不懈地推廣學術活動，例如籌辦全免費的國學班，創設鳴社（詩社），每年舉行祭蘇（軾）大典等，使香港的文化生活保持傳統斑斕的色彩。在商潮泛濫人慾橫流的世態裏，具有醍醐灌頂淨化人心的功效，弘揚詩教，正本清源，使學者明恥盡性知義守禮，從而達成教化的目標。1994 年農曆除夕新舊交替的晚上，蘇公昏睡瀕死，經送院急救復甦，已是甲戌的春節了。其後三年多，蘇公百病纏身，飽受針藥折磨之苦，但學術授受之意，矢志不移，貫轍始終，直以身殉。蘇公好食，而這更是晚年唯一的歡趣；雖然醫生屢囑戒口，但食而無味，不如無生。我們相聚盡歡，言而及義，生死繫乎天命，無悔無怨，思之坦然。

蘇文擢教授廣東順德人，1921 年 6 月 29 日（農曆辛酉年五月廿四日）出生於上海。蘇公三代家學，文才早慧。壯歲遭時多艱，于役四方。來港後任教新亞書院等，1965 年加入聯合書院中文系，1985 年退休。

蘇公以古文詩賦鳴世，創作弘富。著有《黎簡年譜》、《淺語集》、《韓文四論》、《說詩晬語詮評》、《邃加室詩文集》、《邃加室講論集》、《經詁拾存》、《邃加室詩文續稿》、《邃加室叢稿》、《孟子要略》等。蘇公精研經學，重視語文教育，言教身教，為當代通儒。蘇公書法精湛，校園建築物遍留墨寶，例如逸夫書院、鄭棟材樓、何添樓等都有題字，豐潤典雅，可垂久

遠。徐復觀（1904-1982）〈邃加室詩文集序〉云：「今日名士，率尚野乘而不數先聖之舊典；君則於五經四子，數之纍纍如貫珠。率矜異聞而不道聖賢之法言，君則口講指畫，既反復以教諸生，復應機以啟迪人間世。」鞭辟入微。

口蹄疫

臺灣出現豬瘟，口蹄疫遍及全省，最後連臺東及花蓮也失守；除了澎湖以外，幾無淨土。口蹄疫是一種高度急性的傳染病，係由非細菌性的濾過性物質所引起。病豬口舌糜爛，蹄部長出水疱，引至剝離及脫落。病菌蔓延很快，屠宰後用掩埋或燒焚的方式處理豬屍，往往又造成污染，人謀不臧，民怨沸騰。汪中詩云：

> 萬物春日生，天罰口蹄疫。奈何陰陽氣，煩冤忒忓格。海外斯神山，栖栖實可惜。花木多森秀，靜好毋徒擲。只恐理有極，前路屯轉窄。傷彼無辜豚，死亡如山積。慘目悲驚駭，憂心不可席。

詩人憂生念亂之情，溢於言表。拙詩附和云：

> 人間沮洳場，久迷安樂國。農藥濫施行，疫苗失抗力。春來細菌滋，畜道慘殘賊。比見狂牛疾，歐盟難隱慝。及今豕流涎，蹄腳裂痕副。燒焚劇掩埋，污染愁顏色。蓬瀛無淨土，慾壑難填塞。花東亦淪陷，為政或缺德。天亡自取亡，哀哉黃白黑。

詩中「副」（pi）讀如僻，入聲，訓劈也。「花東」即花蓮及臺東。天災人禍，交疊而來，互為因果，有時也就很難說得清楚了。

曉燕吟

　　臺灣白曉燕（1980-1997）事件，轟動中外。兇徒迷失本性，手段殘酷；而治安敗壞，人心浮動，更是使人擔心。有人諉過於傳媒爭相披露事件，使兇徒辣手撕票。其實這大抵是財迷心竅所致，社會貧富不均，教育講求功利，人心陷溺，難以自拔。白曉燕的犧牲如果能使大家痛定思痛，喚醒沈淪的人性，重建社會秩序，這未嘗不是一項最聖潔的祭禮。拙詩云：

　　曉燕孤飛天海間。紅塵綠霧愁瀛寰。杜鵑啼歇春歸冷，夢斷慈親血痕斑。摩訶薩埵飼母虎。指斷肝摧裂肺腑。劇痛須酬轉世恩，寧辭濁潤一堆土？身本潔來還潔去。道在屎溺育千樹。媽祖金身觀世音，甘露遍灑祥和雨。還將正氣淨河山。一春花事憐紅顏。天容海日復澄清，靜女仙姿見翠鬟。芳魂一縷煙，飛去無蹤影。蕩蕩太空遊，自在清涼境。嗚呼以暴易暴無了期，靈魂出竅脫迷思。殷勤寄語太平人，風雨落花如有意。

嘯雲樓詩詞序

　　劉夢芙（1951-　），岳徽岳西縣人。原任古坊中學的語文老師，最近調往北京中華詩詞社任編輯。1992年以後嘗以七古長詩〈廬山五老峰放歌〉、〈長城隨想曲〉、〈登采石磯翠螺峰塑像浩然作歌〉等連奪大獎，詩名遠播。

　　劉夢芙住皖西大別山區，幼承家學，沈潛涵泳。及長畢業於安徽師範大學中文系，並師事北京孔凡章（1914-1999）先生，遍交天下詩人，在全國公開賽中屢獲大獎，詩名卓著。我們是在1996年廈門的「秋日佳會」中認識的，談鋒投契，一見如故。劉夢芙擬將二十年來詩詞結集為《嘯雲樓詩詞》，來函索序。拙序云：

> 岳西劉氏詩名冠天下。九十年代國家開放，百業振興，詩詞煥發，昭邁前修。夢芙以翩翩年少，允承家學，山水清輝，丹鳳來儀，連奪多項詩詞首獎，長城積雪，采石翠螺，莫不吐納英華，形諸懷抱，七古放歌，海內振動。夫岳西僻處大別山深，蒼崖翠瀑，九華毓秀，仙源淨土，夢芙讀書養志，涵泳性情，天地鍾靈，亦江山之幸也。佳人幽谷，太白書堂，啄香稻，飲醴泉，棲碧梧，諧仙侶，蕙蘭貞質，龍虎潛姿，騰躍乎風雲之上，嘯詠乎松柏之間，承時奮起，黼黻治平，天之生才，彬彬而立矣！
>
> 去年秋日佳會，鷺島清遊，歷覽詩心，始識夢芙，縱論文華，交淺言真。于時風雨大作，暑氣頓消，淋漓痛快，酒酣而歸。其後山川阻隔，音問漸疏，而神馳皖水，仰望明堂，幽人釣雪，懸想難已也。比聞出幽谷，遷喬木，京城廣廈，弘揚詩教，沂泗宗風，裁成大雅，中華詩詞，編務

為難，揚正氣，發心聲，騁意象，哀民生，期達高明，人間厚望矣。復聞嘯雲結集，廿載幽心，雖未窺全帙，而清燈劍氣，時有神遇。雕琢功深，毋時或已，起步唯艱，登高不遠。夢芙中土正聲，詩詞成就早有公論，妄贅數語，聊申交誼，豈足以言詩哉！

飛躍黃河

　　1997 年 6 月 1 日下午一時十九分，柯受良（1953-2003）用了將近兩秒的時間駕車高速凌空的從山西吉縣飛越壺口瀑布衝入陝西宜川。中央電視臺即場播映，載歌載舞，而黃河兩岸人山人海，據說現場也有十萬觀眾，很多香港藝人也專程北上，遠涉千山萬水的參觀助陣，可說是秦晉山區百年不遇的盛事。柯受良是著名的電影特技人，1992 年駕電單車飛躍長城，此次飛躍黃河，更是舉世觸目。當大家屏息凝神靜觀鏡頭上的飛車像彩彈般的射入對岸的時候，緊扣的神經，來不及驚訝，大家又已經爆發出山呼的雷掌了。優美的演繹是科技和勇氣完美結合，振人心弦。柯受良説這是香港回歸前夕的獻禮，同時也是為了籌款興建五十所小學，而挑戰難度當然更是我們生存的最大滿足和意義了。拙詞〈浣溪沙〉云：

　　雪浪翻空奮四輪。黃河壺口薦芳樽。轟然雷掌萬山昏。　絕壑驚濤誇特技，衝天彩彈渡江雲。人間飛躍壯詩魂。

山水長涵日月光

1997 年 6 月上旬到新竹開會，重住青草湖濱的煙波大飯店。每個房間都是獨立的小屋，從服務臺到客房，由小電車接載客人。客雅溪源出青草湖，繞園而過，清幽蒼翠。園中到處鳥語蟬鳴，山花爛漫。早上獨上古奇峰，山樹蔥蘢，垃圾亂丟，尤多棄置家具；沿途汽車往還，道路太窄，也不好走。山頂是具有民俗藝術特色的古奇峰育樂園，正門普天宮入口有漢白玉觀音像，衣袂飄飄，背倚巨大威武的關公神像，令人摸不著頭腦。當天關帝出巡，廟祝公為神位裝身，信眾持香侍立，歌舞俑車在前面開路，鞭炮響徹雲霄。〈減字木蘭花〉云：

> 蜿蜒花路。獨上古奇峰上去。山樹斜傾。浴翠浥霞醉鳥聲。　普天宮老。關帝聖君行駕到。香火相循。鞭炮喧喧歌舞人。

下山繞湖一匝，晨風淡蕩，滌清塵垢。〈青草湖〉云：

> 朝嵐爽翠浥清芳。山水長涵日月光。
> 偶得浮生攜宿醉，平湖新浴靚紅妝。

滕王閣

1997 年 8 月赴南昌出席中國語言學會第九屆學術年會。首天在南昌大學揭幕，繼往廬山進行兩天分組討論及閉幕。在南昌期間，《江西詩詞》副主編熊盛元（1949-　）來訪，約遊滕王閣、百花洲及六朝古刹佑民寺等。滕王閣位於贛江和撫河的交匯處，自古是兵家要衝，屢毀屢建。現在看的是九十年代新版本，也是歷史上第二十九次重建了，稍嫌俗氣。熊盛元撰聯云：「蛺蝶圖中，香凝帝子花間夢；滄桑劫後，簾捲王郎筆底風。」滕王李元嬰（628-684）嘗繪「蛺蝶圖」，現已不存。滕王荒淫，政聲甚惡。拙詞〈蘇幕遮〉「滕王閣贈盛元兄」云：

> 暑風炎，秋熱慍。湖海相逢，一曲琴弦潤。蛺蝶圖中消午困。浩淼煙波，夢向洪都近。　奏仙韶，調細筍。絕特瓊樓，蓮步姍姍進。幻彩霓裳催拍緊。人傑地靈，記取泥鴻印。

在廬山的閉幕禮上，又嘗誦〈蝶戀花〉賦別云：

> 幾日行程風雨小。路入南昌，贛撫雙河繞。賓主盡歡良會少。滕王閣下迷花草。　千仞匡廬翻鳥道。造極登峰，論學留言笑。牯嶺天街良夜悄。人間消夏消煩惱。

應景之作

元豐七年（1084）甲子三月，蘇軾自黃州移汝州。四月渡江，有〈初入廬山〉三首。其一云：「青山若無素，偃蹇不相親。要識廬山面，他年是故人。」其二云：「自昔懷清賞，神游杳靄間。如今不是夢，真箇在廬山。」其三云：「芒鞋青竹杖，自挂百錢游。可怪深山裏，人人識故侯。」黃州與廬山隔江相對，蘇軾以待罪之身，不能隨處浪游。路過廬山難免也要戒慎恐懼了。其一擬跟廬山訂交，他年再傾幽素；其二介於想像和現實之間，恍惚夢境；其三寫深山中亦多舊識，十分自負。蘇軾游廬山，謙稱「懶不作詩，獨擇其尤佳者作二首」，蓋詠開先漱玉亭及棲賢三峽橋二景。現在這一帶屬於秀峰景區，位於廬山東南，李白（701-762）也曾經在這裏觀瀑得詩，寫出千古名作。在廬山寫詩，珠玉在前，實在不好發揮。拙作〈三疊泉〉云：

酷暑來遊三疊泉。澄紈素練掛冰川。

跳珠迸玉龍潭鏡，五老峰光入紫淵。

只能應景而已。

不識廬山真面目

　　廬山西北麓有西林寺及東林寺。蘇軾〈贈東林總長老〉云:「溪聲便是廣長舌,山色豈非清淨身。夜來八萬四千偈,他日如何舉似人。」溪聲指虎溪,山色即廬山,此詩稱頌常總住持,連溪聲山色都能感染佛法。又〈題西林壁〉云:「橫看成嶺側成峰。遠近高低總不同。不識廬山真面目,只緣身在此山中。」此詩深於哲境,更是騰播眾口。八月游廬山,我們在錦繡谷中遠眺西林寺的白塔,在翠田繚繞之中,別饒佳氣。於是包車下山,重新投入酷暑的世界中去。西林寺修復一新,今題「西琳寺」,可能刻意繁化字體,似乏典據。拙作〈西林寺和東坡韻〉云:

回首匡廬錦繡峰。色空如幻素心同。

東坡悟得禪思趣,魂化千山煙雨中。

又〈東林寺〉云:

虎溪橋畔白蓮池。淨土開宗葉滿枝。

水色山光留半偈,翠田雙塔碧琉璃。

　　東晉慧永(332-414)住西林,慧遠(334-426)建東林,僅屬一街之隔。現在東林繙經臺上亦新修一塔,即將竣工。

贛州行

　　1997 年 8 月 16 日，陳新雄教授偕師母回鄉。姚榮松（1946-　）和我兩家人奉陪同行。我們一行七人，在出席廬山語言學會議之後，即返南昌轉乘京九鐵路的火車赴贛州。陳老師原籍贛縣，出生於鬱孤臺下；十四歲離鄉，距今快五十年了，近鄉情怯，自是常情。此外，姚教授專研客贛方言，而我則是為了取景和尋詩而來，各有所樂。在火車上，我們有幸在閒談中結識了葉發有主任，他是江西省人大常委會委員，剛從南昌開會回來；他很熱情地為我們介紹了贛州地區的發展情況。下午贛州行署臺灣事務辦公室的劉衛東（1953-　）主任來接車，並安排我們入住贛南賓館。這是贛州最寧靜優美的園林酒店，滌清塵累，服務甚佳。當晚葉主任設宴接待我們，初嘗苦瓜酒及贛南名菜。苦瓜酒的製作十分特別，就是將小苦瓜先放在酒瓶中生長，成長後才剪斷臍帶浸酒，一生住在瓶子中，再也跑不出來了。此後幾天由劉主任等打點行程，探親遊覽，得詩甚多。

　　陳新雄教授原籍贛縣，老家在黃沙的伯公坳。可是山區尚未通車，還有十多華里要修兩座小橋才過得去，目前仍靠雙腿走路。我們先到陽埠鄉政府辦公室，由郭書記、曾鄉長帶領往訪陳老師的母校惜分高等小學，今名贛縣陽埠中心小學。校舍繚繞於青山白雲翠田果樹之中，環境清幽，可是交通困難，一切顯得簡陋，百廢待興，談何容易。參觀過後，曹校長要我們提意見，我除了欽佩他們在匱乏的條件下承擔教育的重擔之外，更希望政府撥款或商界捐資修路育林、發展旅遊、保護水土、改良農業，為地方注入新希望的元素。下午陳老師往王母

渡探望幼妹及她的子婿家人，喜氣洋溢，在鞭炮聲中，一條小街馬上就沸騰起來了。陳老師賦〈蝶戀花〉云：

> 八載之前初會遇。好夢成真，走向臺灣路。昔日你來今我去。匆匆多少朝和暮。　欣見廳房居有處。次第諸甥，系屬連枝縷。此日歸來難盡語。別時光景何能訴。

贛州遍地古蹟，過去遊客不多。現在京九鐵路通車了，巍峨的新車站帶動黃金嶺經濟開發區，華廈鼎峙，交通便利，已經粗具大城市的氣派了。贛州菜式繁多，湯品豐富，往往能在家常小菜中調製出不同的色香味效果，風格各異。此外贛州人情味濃郁，對臺辦的工作人員守時負責，令人感動。我常常遊說陳新雄教授回老家黃沙看看，據說山區到處都是唐宋古蹟，文革期間也沒有遭受破壞；不過要走兩三個小時的山路才能回去，只好打消念頭了。贛州發展迅速，最好能注意環保，不要為發展工業而犧牲神聖的土地。有時想想山區交通不太方便也好，可以多保存自然景觀，不受破壞。當日隨陳老師訪陽埠小學及往王母渡探妹，感觸良多，拙詞〈蝶戀花〉云：

> 萬里逃荒餘一口。半紀歸來，歷盡滄桑久。兄妹團圓天鑄就。從今漸解眉心皺。　陽埠尋根山路走。飲水思源，渴念相思瘦。學海從頭堪記否。驪歌又送長亭柳。

虔州八境

虔州，漢曰章貢，屬豫章郡。今名贛州，蓋章、貢二水合流為贛江，縱貫江西入鄱陽湖而得名。宋孔章翰築石城防治水患，並即其城上樓觀臺樹之所見而作「虔州八境圖」。蘇軾觀圖賦詩，序稱「苟夫知境之為八也，則凡寒暑、朝夕、雨暘、晦冥之異，坐作、行立、哀樂、喜怒之變，接於吾目而感於吾心者，有不可勝數者矣，豈特八乎？」可見「境」純是觀點角度的問題，後代換為八景，稍嫌坐實矣。今贛州在古城牆上新修八境臺，北眺贛江，南望峰山，煙雲城郭，草樹蔥蘢。大堂懸畫八幅，即舊傳八景之作：三臺鼎峙、二水環抱、玉岩夜月、寶蓋朝雲、雁塔文峰、馬崖禪影、天竺晴嵐、儲潭曉鏡，由導遊小楊一一指出，依稀可辨。蘇軾雖題詩八首，但當時仍未去過贛州，僅憑想像。例如其七詠鬱孤臺云：

　　雲煙縹緲鬱孤臺。積翠浮空雨半開。

　　想見之罘觀海市，絳宮明滅是蓬萊。

　　大抵採用比擬手法，末二句用舊經驗托起。

鬱孤臺

元豐元年（1078），蘇軾題〈虔州八境圖〉詩八首。紹聖元年（1094）貶官嶺南，八月過虔州，初遊鬱孤臺、廉泉、塵外亭、天竺寺，得詩四首。建中靖國元年（1101）赦歸，復遊鬱孤臺，題詩和前韻者五首。原作云：

八境見圖畫，鬱孤如舊游。山為翠浪湧，水作玉虹流。日麗崆峒曉，風酣章貢秋。丹青未變葉，鱗甲欲生洲。嵐氣昏城樹，灘聲入市樓。煙雲侵嶺路，草木半炎州。故國千峰外，高臺十日留。他年三宿處，準擬繫歸舟。

這是一首五言排律，中間各聯對仗精密。蘇軾摹寫臺前景色，麗字欲飛。末四句厭倦仕宦生活，已萌退意。拙作和韻云：

煌煌京九路，喜作贛南游。翠玉章江帶，浮橋貢水流。匯瀾開八境，微雨沐初秋。渺渺慈雲塔，萋萋曉鏡洲。崆峒饒佳氣，日月燦瓊樓。絕壁通天洞，英雄虎崗州。人情增樸厚，詩趣漫淹留。千載東坡客，逍遙一葉舟。

詩中「崗」字依普通話讀上聲，讀平聲則失律。

贛州中元觀月

中元節的晚上，贛州街上到處都是盂蘭燒衣，拜祭亡魂。現代鬼節增添民俗采色，再沒有絲毫恐怖氣氛了。回到了贛南賓館，圓月中天，松桂婆娑，池沼秋波，涼風習習，乞巧剛過，而中秋將近了。同行姚榮松、林麗月（1949-　）教授儷影雙雙，花叢漫步，天上人間，都是麗月相映的世界，拙詞〈浣溪沙〉云：

　　天上中元桂魄黃。人間乞巧繡針忙。贛南賓館倚新
　　妝。　漫步花叢憐彩蜨，映階松雪凜秋霜。瓊樓雙照鬢
　　雲香。

贛州峰山原名崆峒山。天晴時可以遠眺贛州市。當日雲霧稍多，太陽懶洋洋的灑在蒼松翠杉之上，好像蒙上白茫茫的雪光。峰山乃贛州第一高峰，主峰 1016 公尺，又名寶蓋峰；綿亙相連者有玉屏山、席帽山、金際嶺、丫髻嶺等。山色洶濛，不讓廬山專美，而寧靜過之。拙詞〈減字木蘭花〉云：

　　群山拜倒。傲立贛南浮翠好。丫髻相扶。寶蓋澄霞玉女
　　壺。　蜻蜓煙草。章貢北流奔遠道。酒暖香蘇。回首來時
　　路已無。

贛州覓酒

贛州市古蹟處處。我們跟隨陳新雄教授拜訪贛州第一中學（原為贛縣中學），他在這裏讀過初中一，五十年過去了，記憶猶新。王志遠校長親自迎迓老校友，謂明年將舉行百年校慶，歷史悠久。校門旁邊有光孝寺，這是廣東商人修建的，外貌尚存。校內有陽明院、廉泉、夜話亭。據說蘇軾與贛州名士陽孝本（1039-1122）在廉泉夜話，煮茗長談。中學附近又有始建於唐代的文廟，內進為大成門、大成殿、崇聖祠、尊經閣等，規模弘大，富麗堂煌。隔壁是宋代慈雲塔，構型優美。

此外我們又往訪陳老師夜光山的舊居，在貢江東門古城牆下，原是一間小旅館，現已改建為公廁和貨倉了。陳老師在中山路覓得吉安冬酒與贛州伏酒，談起來酒廠竟是中央銀行的舊址，昔日的金庫已成酒窖。陳老師賦〈減字木蘭花〉云：

> 往常醉倒。酒味還難如此好。得路相扶。今日贛城得兩壺。　　何來芳草。尋覓綿綿窮遠道。宿醉還蘇。一醉頹然懼也無。

白首重回事若何

在贛州幾天，我們跟陳新雄教授的老師陳之敏及族叔陳金伯時常見面。陳之敏酒量佳，意興豪邁，現住贛州第二中學宿舍。退休後辦高中補習班，高考成績驕人。陳金伯住陽阜鄉，能詩而不善酒。當年他也曾遠走，但半途折返，現在優悠歲月，木訥寡言。陽阜舊街多是清末民初的木構建築，村外就是蒼翠的田野。街上多曬辣椒、花生、燙皮絲等。經他們逐一指點，當年的肉檔、藥店、衣店、木店等依然開業，五十年不變，顯出永恆的魅力。現代社會節奏太快把自己也淘汰掉了，變成陌生人。陳教授〈減字木蘭花〉別金伯叔云：

> 贛州城下。攜手同遊真夢也。來去如梭。白首重回事若何。　故鄉重見。眼裏滄桑千萬變。情已闌珊。漸覺涼風入指寒。

拙詞同調呈陳之敏太老師招飲賦謝云：

> 贛州嘉獻。美酒佳肴消漏箭。狼藉杯盤。荏苒春光五十年。　廉泉月白。棗綠橙黃居士擘。八境詩香。夜話蘇陽杜麗娘。

通天巖

　　通天巖位於贛州市西北郊區，地質學上稱之為丹霞地貌。山上多天然巖洞，著名的有翠微巖、同心巖、忘歸巖、廣福寺、群玉閣等。崖壁有摩崖造像及題刻，為贛州著名的避暑勝地。神窟內有蔣經國（1910-1988）的臥室，一廳一房，設備簡陋，現在還擺放著當年他用過的桌椅、行軍床、油燈等。雙桂堂上的將軍樓，本用以囚禁張學良（1901-2001）的，後來並沒有住過。通天巖內又有陽孝本宅，他是贛州名士，蘇軾路過贛州時曾跟他廉泉夜話，所以在當地傳說很多。王守仁（1472-1529）嘗於明正德十四年（1520）在通天巖結廬講學，在忘歸巖上留詩云：「青山隨地佳，豈必故園好。但得此身閑，塵寰亦蓬島。西林日初暮，明月來何早。醉臥石床涼，洞雲秋未掃。」拙詞〈蝶戀花〉云：

> 寒谷生春盈爽氣。雙桂紅樓，午夢昏昏睡。斷續蟬聲如有意。微茫清角將軍起。　振翅鳳凰巖壁際。二虎金龍，唐刻神盦似。藝苑詩壇披玉蕊。傳經更待陽明子。

展望新香港

　　香港回歸是中國的盛事，也是舉世的大事。中、英兩國以和平、尊重的方式交接政權，畢竟是政治史上難得一見的特例。將來直布羅陀、福克蘭等地說不定也會參考香港模式來結束殖民統治。今日舉世的焦點都集中在香港身上，而香港更裝扮得千嬌百媚似的，到處充滿濃郁的節日氣氛。盛唐詩中「九天閶闔開宮殿，萬國衣冠拜冕旒」的氣象，彷彿重現。香港回歸大典的規模絕不會比去年阿特蘭大奧運會遜色，透過現代化的商業包裝及電視轉播，香港的形象滲透到全球很多家庭中去。我們回顧十四年的歸途，風風雨雨，香港人由充滿疑慮、人心惶惶的末日感覺到今天以舒暢的心情迎接歷史，實在也是難得的長期摸索和互動學習的歷程。拙詩云：

　　珠還喜共九州同。維港煙祥淑氣融。

　　萬國衣冠參盛典，百年悲笑補天功。

　　鳳凰會展開新翼，獅子卿雲振漢風。

　　雨露均霑諧一體，江山德澤日方隆。

鳳凰展翅

中英談判的日子其實並不好過，一拖十四年，香港人夾在中間，兩方面的消息吹來吹去，疑慮重重。現在大局已定，大家重新定位，思考自己的方向，自有雨過天青的感覺。同時也解除倒數聲中的噪音和壓逼感，心情舒暢，前景亮麗。會展中心就像一隻鳳凰，展翅欲飛。拙詞〈哨遍〉云：

筆架瑞雲，維港碧波，璀璨新天地。風雨過，草樹愈葱蘢，鬱蒼蒼五陵佳氣。萬象復甦潛龍動，鳳凰振翅，標格芙蓉水。觀繡帶金鐘，瓊樓廣廈，參差旗嶺寒翠。仲夏夜煙火綴金枝。幻彩蝶紅飄萬千絲。急管繁弦，豔粉華妝，一時滋味。　喜香江嬌麗。多少江月風流裏。鯉門帆影，衝波逆浪競伶俐。更奮躍黃河，裂雲崩岸，輕車冉冉凌空起。想百五承平，脫除凡俗，明星光澄天際。倚仙源桃雨漫紛飛。燦牛斗浮槎玉繩低。武陵人、盡歡如意。微茫心事平常，戀戀紅塵世。解除倒數聲中日子，豈減噪音而已。青嶼幹線出陽關，看今天、氣象雄耳！

龜山朝日

　　龜山一名龜嶼，位於臺灣宜蘭頭城鎮東約十公里的太平洋上。這是一個火山島，以外形酷肖昂首怒目的巨龜得名。龜山面積約 2.8 平方公里，背脊 401 公尺則是全島的制高點。這裏是太平洋暖流的必經之地，魚產豐富；原有居民七百人，1975 年政府強令集體遷村，改派軍隊駐守。「龜山朝日」乃蘭陽八景之一，近日臺北市淡江大學中文系陳慶煌（1949-　　）教授為賦詩二首，並邀海內外詩人和作。原唱云：

嘘雲澍雨本從龍。環抱滄波鱗介宗。

旭日初升欣燦爛，祥光映處盡堯封。（其一）

靈峰雄峙海之東。萬丈朝暾得意紅。

天為我鄉開勝境，蹁躚裙屐仰神工。（其二）

拙作和韻二首云：

平洋旭日湧魚龍。金閣銀臺海嶽宗。

休向仙源迷夢土，龜山仍是舊堯封。（其一）

祥雲繚繞海山東。掩映蘭陽紫陌紅。

願得靈光護懸壑，煙霞草樹粲天工。（其二）

九江安居

愉社潘新安先生在九江儒林鄉興建了一套園林別墅，名曰「安居」。門口懸掛關殊鈔（1918-2009）的對聯：「安於詩國幾忘老，居此儒鄉好近仁。」別墅簡單拙樸，花木扶疏，圍在蒼茫的綠海之中，滌清塵垢；門外幾棵高大的木棉樹，更擋去街上的雜景，留下一大片亮麗的天空，寧謐閒雅。園中有一方池沼，周圍都是精心栽種的名品和盆栽。聽主人逐項介紹，好像跟新朋友打招呼的，更像補上植物課。除了蒼松翠柏、綠竹楊柳之外，秋天結果的就有楊桃、石榴、檸檬、葡萄及做菜的夜香花；冬春之間依次開花的有李花、梅花、桃花。加上凌霄、夜來香、桂花、菊花等，分別組成季節性的色香世界。李鴻烈〈丁丑始秋與周錫韍、黃坤堯飲安居梅軒主人〉云：

> 與物不相刃，心花長是春。
>
> 引泉歸沼意，種藕養魚人。
>
> 放誕寧違世，文章獨賞真。
>
> 軒圍深杏柳，把酒遠風塵。

首句用《莊子‧齊物論》，「刃」即逆也，意謂不逆於物。全詩養性保真，寫出安居的最高境界。

探花橋

日前應潘新安的邀請到九江「安居」小住一天，同行有李鴻烈、周錫馥（1940-　）。早上開往容奇的航班在三號風球下冒雨穿過壯麗的青馬大橋西行，未幾轉入西江的內河水道，風浪平靜。抵岸後在勒流午膳。下午颱風已過，天氣生涼，頗具秋意。我們在探花橋上徘徊，發思古之幽情。陳子壯（1596-1647），南海人，明末進士，端直敢言。1647年清兵入粵，七月初五日，陳子壯起兵九江村抗清，兵多蜑戶、番鬼，善戰。並與陳邦彥（1603-1647）約攻廣州，兵敗被執；八月二十日，佟養甲（1608-1648）、李成棟（?-1649）寸磔之，臨刑不懼，投骨四郊。後人輯成《陳文忠公遺集》。今年（1997）是陳子壯殉難三百五十周年紀念。潘先生除了捐資修復探花橋以外，並在陳子壯的故居修成探花公園，撰刻詩聯，尤多香港名家墨寶。拙詞〈浣溪沙〉云：

> 雨過秋涼一日遊。儒林高義壯歌謳。探花橋上水安流。　志士求仁償大欲，蒼松挺翠渙香柔。四時祠祭不曾休。

十載春風綠蔭圍

　　潘新安在九江建校興學，修復名勝，造福鄉梓，弘揚詩教。他嘗集資重建朱九江先生紀念堂。朱次琦（1807-1881），字稚圭，講學禮山二十餘年，學者宗仰。現址為九江中學。潘先生又在龍迴「深潭夜月」旁邊興建潘南典學校及潘溢佳幼兒院，蓋寓紀念先人之意。校門遍植楊柳，整治水道，修建詩亭碑刻，為鄉人遊息之所。拙詩云：

江亭楊柳兩依依。十載春風綠蔭圍。

興學仰承先志苦，安居重整故園緋。

龍潭照影涵澄碧，秋夕攜壺淡翠微。

野老閒聊天下事，陰晴圓缺久忘機。

　　第六句「翠微」指遠眺西樵山。潘先生又在璜磯鶴巢修建侶鶴亭，詩碑中尤多佳製。這是一片清幽的漁塘和竹林，四圍蒼翠，鶴影翩翩，飛鳴上下。拙詩云：

翩翩霜影下寒塘。萬籟希音動竹篁。

仙侶來尋乾淨土，石橋幽契水雲鄉。

浮藍漸覺人間遠，深綠回環草樹香。

侶鶴亭前留福地，三三兩兩恣翱翔。

潘新安梅軒佳饌

　　潘新安（1923-2015），南海九江人，生於香港。營商致富，而性耽吟詠。著有《小山草堂詩稿》三冊，線裝精印；每冊各附《草堂詩緣》，備述五十年代以來香港詩壇的掌故及山水朋侶唱酬交往之跡，或可謂之「香江詩話」，富於史料價值。潘氏性情中人，以詩文談藝醇酒美食遍交海內外詩人，雅好遊歷，港九華夏名山秀水之外，更遠赴歐美日韓星馬諸地采風訪友，一一紀之以詩。1967年移家雲高華，十度往返；近年則回九江儒林鄉修建「安居」，種花養魚。前兩個月我客宿安居，賞花飲酒，品嘗梅軒佳饌，有白鶴穿雲（肥中有瘦的叉燒）、花菰乳鴿燉湯（加紅棗果皮）、冬菰肉絲刨節瓜、古法鹽焗雞、仙菰韭黃清炒、蝦子札蹄拌九江叉燒、蝦仁炒夜香花欖仁等名菜。此外，潘氏更在鄉中興學，修復古蹟名勝探花橋、龍迴深潭夜月亭、璜磯侶鶴亭及朱九江先生紀念堂等，詩廊碑刻，推廣鄉邦文教。

凌雲寺祭伯端詞人

　　1991 年春，詞人劉景堂（1887-1963）、范菱碧（1885-1948）伉儷的骨灰奉移於錦田凌雲寺。凌雲寺背倚觀音山，茂林幽谷，花木妍麗，恬靜閒雅，富園林佳趣。當日劉殿爵（1921-2010）教授護送骨灰，我們開車由荃錦公路直駛錦田，東轉林錦公路，末幾即抵寺門。焚香拜祭，誦經超渡，最後把骨灰安放於地藏殿內。凌雲寺始建於明代，經過多次修建，規模頗大。現在詞人有幸託骨於名山，古寺亦因詞人而名益傳。後人之關心香港詞事者，凌雲寺自然也是憑弔的勝地了。後來我寫了〈醉落魄〉以紀其事。

　　青山似昨。凌雲古寺長棲泊。天涯逆旅風蕭索。滄海無情，不是詞人錯。　幽林黯翠渾閒卻。江湖冷雨添搖落。百年未了看花約。隔代傳詞，猶認尖嘶鶴。

　　劉景堂生於光緒十三年丁亥十一月初三日生（1887 年 12 月 17 日），卒於癸卯九月三十日（1963 年 11 月 15 日）。1911 年廣州黃花崗事起後移居香港，著《滄海樓詞》。拙詞上片專寫詞人的身世之感，似屬命運的播弄。下片寫凌雲寺，「看花約」其實也就代表我們對詞的執著，詞的生命不斷，還會延續下去。

一百年前的油麻地

一百年前，劉福堯過香港，有〈憶江南〉云：

油麻地，鎮日競相呼。深水步前雲黯淡，筲箕灣下雨模糊。還到九龍無？

劉福堯，字伯崇，廣西桂林人。光緒十八年（1892）壬辰狀元，官至翰林侍講。光緒二十六年（1900）八月，八國聯軍入北京，姦淫搶掠，殺戮無數。當時劉福堯、朱祖謀（孝臧，1857-1931）一起躲到王鵬運（1840-1904）四印齋的家裏，住了三個月，寫下著名的《庚子秋詞》。此詞劉福堯全用香港習見的地名，寫雨中街渡冷落呼渡的情態。

詞中維多利亞港雨驟雲濃，波濤洶湧，二十世紀初期一片茫茫的感覺，士大夫的心境跟船夫老百姓可能一樣的沈重。

1917 年中秋節後兩天，雨過天青，劉景堂也在香港與張學華（1863-1951）、黎國廉（六禾，1874-1950）同登太平山賞月。〈蘇幕遮〉云：

海擎杯，山擁髻。下界何人，來踏瓊瑤碎。今夕廣寒人嫁未。霧鬢風鬟，夜夜添憔悴。 碧天高，明月細。不是蓬萊，也別人間世。秋水澄心波不起。煮石餐霞，我欲從茲逝。

起拍擎杯擁髻，海山熱鬧，而嫦娥則憔悴多了。下片感於時局的變幻，有逃世的打算，萬緣都淨，一片幽姿。

香江六詠

1949 年，劉景堂從桂平回港，感於兵事，陵谷風煙，因而仿效劉福彝寫下〈憶江南〉「曩者劉伯崇先生過香港，戲以此間地名為〈憶江南〉詞云：『油麻地，鎮日競相呼。深水步前雲黯淡，筲箕灣下雨模糊。還到九龍無。』想見當時冷落呼渡情態。忽忽五十餘年，一經兵燹，盛衰陵谷，多異舊觀。茲擇其名之較雅而具歷史變遷之跡者，追步伯崇先生，依調各賦一闋」，詞六闋，分詠鯉魚門、九龍城、宋王臺、裙帶路、青山寺、長洲六景。大抵都是當日香港的名勝，自與今天的景點有些距離。劉詞發思古之幽情，沈魂殘劫，一片淒幻。

千峰抱，天險鯉魚門。短夢百年炊黍盡，逝波依舊送黃昏。誰與弔沈魂。

官渡晚，寂寞九龍城。斜日冷搖葵麥影，東風閒遞鷓鴣聲。殘劫待收枰。

亡國恨，釃酒宋王臺。斷碣春深埋舊跡，飆輪日暮起飛埃。今古重徘徊。

裙帶路，金粉未全消。草暖胡兒驕玉勒，夜分游女墮金翹。意倦莫相招。

青山道，梵宇雜歌樓。萬劫鶯花空是色，一痕鴻雪去還留。圖畫眼中收。

洲如月，深淺兩頭彎。娓隊鴛鴦波上戲，避人蝴蝶夢中閒。煙雨隔蓬山。

詞中「重徘徊」之「重」音去聲，意為「更也」。當時九龍城葵麥鷓鴣，還是農村景色。宋王臺已經變成了啟德機場，飆輪飛埃，感情難以平衡。裙帶路與青山寺相映，色空如幻。長洲煙雨蓬山，遠離人境，尚未被人發現。

白髮魔女詞

劉景堂《滄海樓詞別鈔》有〈踏莎行〉「題梁羽生説部《白髮魔女傳》，傳中夾敍鐵珊瑚事，尤為哀豔可歌，故並及之」，詞云：

> 家國凋零，關山離別。英雄兒女真雙絕。玉簫吹到斷腸時，眼中有淚都成血。　郎意難堅，儂情自熱。紅顏未老頭先雪。想君定是過來人，筆端如燦蓮花舌。

梁羽生（陳文統，1924-2009）《白髮魔女傳》在 1958 年 11 月初版，共八集（原刊第三集分上下冊）。劉景堂讀後深有所感，即於第八集底頁題寫此詞，其後寫贈梁羽生，見戴俊（1954-2011）《千古世人俠客夢》影印原件。梁羽生原名陳文統，廣西人，廣州嶺南大學畢業。來港後嘗隨劉景堂學詞。其《龍虎鬥京華》一書被譽為新派武俠小説鼻祖。《白髮魔女傳》寫明末朝野的正邪鬥爭，書中以卓一航和玉羅刹的愛怨糾葛為主線，以誤會告終，分別隱居回疆授徒；而鐵珊瑚玉簫聲斷，最後死於愛人懷抱，岳鳴珂遠走天山，削髮為僧，亦是感人的亂世情誼。劉詞以雪白血紅分寫兩段英雄兒女的感情；結尾的「過來人」實是自喻，詞人感同身受，自亦暗寓無限的身世飄零之憾。

千山萬水愁風雨

劉景堂《滄海樓詞別鈔》有〈踏莎行〉「送殿兒赴英倫」一闋：

> 絕巘分攜，危樓獨佇。萋萋草綠王孫去。老來別易見應難，臨歧忍作傷心語。　病掩孤檠，夢回疏杵。千山萬水愁風雨。東西南北總天涯，離魂隨汝知何處！

詞以情致為上。情之所至，不勞修飾，娓娓道來，自然感人。此詞作於 1960 年，幼子劉殿爵（1921-2010）假期結束，要回英國任教；當時劉景堂已經七十四歲了，憂患餘生，再見為難，臨別依依，也就寫下了這首深婉淒絕的作品。

上片絕巘送行，天涯海角，老人在高樓上孤獨地凝望。「萋萋」句出王維（700-761）〈送別〉：「春草明年綠，王孫歸不歸？」有期待兒子歸來之意。其後自念相見無期，不忍再說一些傷心語了。沈鬱頓挫，欲語還休。三句經歷了三層的反覆，層層深入，鍛鍊感情。

下片寫老來的處境，多病纏身，一燈作伴；「疏杵」是傳統詩詞中的搗衣聲，聽來更添愁緒。「千山」句急風驟雨，抽緊感情；「東西」句慣經飄泊，漸趨絕望；一張一弛，刻意渲染複雜動人的節奏。

劉殿爵譯詞

　　劉殿爵教授乃詞人劉景堂幼子，但沒有學詞。劉教授說伯端先生也沒有叫他學詞，性之所好，自由發揮。劉教授治學以周延綿密著稱，思想精細，掌握多種語言。哲學的思考方式跟詞學完全不同，形象的感覺殊途，主觀的思維亦異。

　　劉教授雖未專研詞學，但他曾經譯過四十首詞，1977、1979、1984 分三期發表於香港中文大學的《譯叢》（ *Renditions* ）上。當年宋淇（林以亮，1919-1996）向他約稿，原擬譯一百首。後來發現了一些困難，也就沒有再譯下去了。

　　劉教授認為譯詞最好能準確保留原作的神韻，由於中、英語言不同，中國人看懂的，外國人未必明白。例如蘇軾〈浣溪沙〉「門前流水尚能西」是反說，外國人沒有水向東流的概念，就要加注了。很多人譯詞其實都是重寫，借題發揮。

　　劉教授譯詞全是唐宋的小令，尤以花間溫、韋最多，各佔七首。劉教授認為花間詞語含蓄，簡潔有味，例如韋莊（836-910）〈女冠子〉「忍淚佯低面，含羞半斂眉」的形象就很傳神。李清照（1084-1155）尋尋覓覓，哭哭啼啼的，譯來就未免空洞了。

《劉德爵詩稿》

劉德爵（1909-1990）是劉景堂的長子。德爵生前不以詩鳴，亦不與詩壇來往，抱沖守璞，寂寞終身。現存手鈔詩稿一冊，未刊。德爵在廣州出生，1911 年隨父來港。1930 年港大畢業，任教灣仔書院，其後辭職，專做補習老師。香港淪陷期間，一度遠走桂平。戰後回港也沒有工作。著有中國古典詩詞譯著 *Sitting up at Night and Other Chinese Poems* 一種。

劉德爵不善應酬，平時來往的只有一位醫生朋友。他每天抄書寫字，數十年如一日，從不間斷。1967 年版的《滄海樓詞》也是他抄寫影印的，不具名。他喜歡讀書，記憶力尤佳；除通曉中、英文外，還自學法、德、意、西、日、俄諸國文字，有能力閱讀各種外文。知識廣博，洞澈世情。

《劉德爵詩稿》是他親自寫定的，存放家中，大概沒有甚麼人看過。他出生於著名的詩詞門第之中，父親劉景堂是香港首屈一指的詞人，叔公劉子平（1883-1970）、叔父劉叔莊（1894-1952）戰前戰後一直都飲譽詩壇。但劉德爵似乎並不涉足詩壇，也沒有像父祖輩風華絕代的表現。大概劉景堂也沒有提過德爵的詩，而當時詩壇中人也很少讀過他的詩，十分神秘。

超時空的幽靈

　　《劉德爵詩稿》存詩 174 首，以七律 114 首最多，次為五律 30 首、五律 30 首、七絕 25 首、六絕 4 首、五絕 1 首。劉德爵詩大多數沒有題目，就像《詩經》一樣，只隨意選取詩句首二字作題，詩中有題目的只有 34 首，很多首還是摘取詩句中的二字為題，嚴格來說就是無題。

　　劉德爵詩全是自抒懷抱之作，一首應酬記事的作品都沒有。詩題或詩中全沒有當代人名、地名、年月和時事。無跡可尋，根本不能作任何的考證。他是一縷超時空的幽靈，不雜人間色相，沒有時代氣息，純以寫意為主。劉德爵一生大隱，大隱香江，大隱於市，可能比陶淵明（365-427）還要徹底。劉詩稍欠文采風流，語言拙樸，說不上大家名家；但詩中卻有一種孤懷獨往的韻味，使他自成一家。劉德爵詩前無古人，後無來者，通達徹悟，無欲無求。求之於二十世紀的香港社會，應該也算是詩壇的「稀有動物」了。

　　劉德爵詩託意於老莊禪佛，以夢囈般的語言，表現人生哲思。他參透了二十世紀人類的心靈，不為物先，不為物役，充滿存在主義的悲情。指點迷津，有時亦具宗教意味。

存在主義

　　所謂存在主義，就是在科學文明和社會制度的桎梏之下，人類的精神已被剝奪其本體存在。沒有了本體存在，人也就被遺棄在一個毫無意義而又互不相關的物化的世界之中，難以用心靈溝通。生活只是毫無聯繫、沒有過去未來的時間之流。人類的習俗、制度已經與它的根源脫節，人性迷失，找不到歸宿。因而必須重新確認自我的存在。劉德爵詩深受存在主義的影響。他充分意識到他是生活於灰暗的、荒謬的、毫無意義而又沒有存在理由的世界之中，充滿了生命的焦灼感，他只能通過「主觀」來突破心靈的局限。例如〈近來〉云：「避地區區稱小隱，憂天惘惘付空談。」〈撼樹〉云：「有涯多事世，無賴可憐生。」〈江南〉云：「江南正是落花時。大塊噓風作五噫。土偶無歸桃梗去，飄零衰相舊天姿。」一切都與傳統隔絕，漂泊無歸。

　　〈地偏〉也是經歷了劇烈世變，驚心動魄。三聯即是存在主義的具體呈現。

　　　地偏心自遠紛華。蟻蛭蜂窩亦作家。

　　　穿隙塵埃看野馬，喧池鼓吹聽私蛙。

　　　書從舊說求新義，辭託無根遣有涯。

　　　細想人生應袖手，已驚石爛況搏沙。

忘形境界

　　劉德爵詩完全沒有具體的時地人事的資料，難以繫年。集中〈行年〉一詩大概作於七十歲，即1978年。而整本詩集表現出晚年的悟達和智慧，大抵也是七十、八十年代的作品。

　　行年七十久忘形。荒草蕭蕭滿戶庭。

　　瓶插菊花虛室白，酒斟竹葉小杯青。

　　樓臺明滅模糊影，歲月經過長短亭。

　　莫向槐宮嗟夢短，鈞天樂好亦須醒。

　　此詩專寫忘形境界，荒草蕭蕭象徵孤獨的心境。頷聯把家居塑成一個自足世界，頸聯則寫外緣的時空，內外映襯，虛實互見。末聯槐宮就是槐安國的蟻穴，出李公佐〈南柯太守傳〉，喻繁華一夢，根本不值得迷戀。〈雞唱〉云：

　　雞唱曉窗明。日長何所營。

　　尋幽閑看竹，養素或餐英。

　　居簡而行簡，心清並跡清。

　　塵緣真一瞬，三宿亦忘情。

　　此詩專寫生活感覺，他滿足於一個居簡心清的世界；世途如逆旅，人生只是過客而已，塵緣三宿，何必留情。相對於二十世紀人性的凶殘和貪婪，商業社會唯利是圖，迷失本性，劉德爵詩不啻暮鼓晨鐘，可惜沈溺的人依然未醒。

理筆與詩筆

劉德爵詩偏尚說理，語言枯槁，難免會犯上寫詩大忌。哲學與詩的表達方式不同，語言亦異，要將兩者調和起來，善用比興，注入感性，顯出深度，方稱佳作。〈風定〉云：

風定水波平。虛舟隨意橫。

襟懷常自得，時序不須驚。

山色畫中見，世情詩外輕。

一杯竹葉酒，幾顆落花生。

此詩中間四句全是理筆，境界雖高，但語言泛泛，沒有神采。幸而起結四句都是詩筆，充滿象徵意味，引發想像，也就把整首詩托起來了，血肉停勻，風神搖曳。又〈紅紫〉云：

紅紫如茵春草肥。黃蜂粉蝶逐芳菲。

數聲清梵浮藍寺，一片閑雲繞翠微。

小水縱橫穿徑過，大鳶自在戾天飛。

遊人各盡登臨興，作手嗟如陶謝稀。

此詩摹景細緻，層次井然，牢籠天地，真幻迷離，紅黃藍翠，色澤鮮妍，這在劉德爵詩中實屬罕見的佳作。末聯借題發揮，意在譏刺。一般人登臨遣興只是褻瀆山水性靈，何來造境？何來造語？捨本逐末，不啻當頭棒喝。〈白髮〉云：「倚梧自識忘絃意，遙看飛鴻入杳冥。」又〈當牖〉云：「吾師濠上叟，知我亦知魚。」天人意合，寫出了忘形境界。現代詩人有時缺少的就是這些慧心和關心。

青史是非成戲論

　　歷史有它虛假掩飾的一面，賢者臨文，亦所不免。劉德爵詩參透世相，但冷眼旁觀，滄海橫流，自也難掩一腔悲慨之情。〈不論〉云：

　　不論牛鬼與蛇神。擾擾皆非心所親。

　　市上已無屠狗侶，江邊且笑葬魚人。

　　隋珠趙璧誰能寶，周鼎商盤豈足珍。

　　世換只餘灰認劫，水枯又看海揚塵。

　　此詩不勞實指，讀者隨意代入歷史或時局，都可得會心。首聯寫人世擾攘，無可戀棧。頷聯屠狗輩喻樊噲等豪傑之士，而葬魚人則喻屈原等憂患餘生。頸聯譏刺人性迷失於財富與權力之中，不克自拔。末聯「灰認劫」指大三災中火劫後的餘灰，出《高僧傳》；「海揚塵」乃麻姑三返滄海桑田之喻，出《神仙傳》；合起來指人世將有巨變。又〈雲煙〉云：

　　雲煙書畫漫緣長。千卷徒為飽蠹藏。

　　數見不鮮徒久涸，倘來如寄且輕裝。

　　西山已幸收薇蕨，北斗何勞挹酒漿。

　　青史是非成戲論，參軍蒼鶻看登場。

　　這首詩意有所指，卻難落實。大抵前四句皆憤世之言。頸聯以伯夷叔齊潔身自愛為喻，「北斗」句指大材小用；末聯以滑稽戲喻世局變幻，是非難分。又〈行路難〉云：「政失萑苻爭越貨，時危蠻觸屢稱兵。」「萑苻」指盜，藏身蘆葦水澤之中；「蠻觸」指蝸角相爭，為小事而鬥。所謂「翔鶴九皋聲聞遠，徹天為作不平鳴」，世途不靖，風雲險惡，九皋遙鶴，聲聞不已，哀哉！

藍塘道山居

劉德爵晚居跑馬地藍塘道，山色蒼翠，人境幽深，隔斷了紅塵擾攘，頗得閒適之樂。詩中山居景物一切可親，心潮平伏；雅趣幽思，即成高調。〈拂拭〉云：

拂拭銅爐自爇檀。書齋方丈膝能安。

窗明几淨日方永，讀畫聽琴興未闌。

淡淡數枝蘭竹靜，泠泠一曲水雲寒。

近城且識閑居樂，不共紅塵一例看。

前六句描寫日常生活，本來就很平凡；但是結聯突然冒起，近城而不為紅塵所困，「心遠地自偏」的努力沒有白費，也就顯出詩人的不平凡了。又〈幽居〉云：

送青排闥有高丘。鳥語溪聲與耳謀。

寒闃無儔憑鬼瞰，虛空生白賴天遊。

書城坐擁近千卷，棋子閑敲滿一楸。

花不著衣諸漏盡，任他去馬與來牛。

〈山居夜坐〉云：

夜氣籠群態，煙雲入杳冥。

蟲吟千樹黑，蛾撲一燈青。

閱世觀潮汐，呼天問醉醒。

無窮人事感，獨坐數窗櫺。

這些詩全以理境取勝，詩句著色以白、黑、青為主調，十分幽秘。讀書敲棋，花不著衣，無所罣礙，而無窮人事自然也操之在我了。

清風動地一相逢

劉德爵〈經霜〉云：

經霜落葉一重重。獨識青松性耐冬。

池水微瀾供俯仰，山坡緩步得從容。

閑來累紙書驢券，夢覺有時迷蝶蹤。

仙侶千年稱小別，清風動地一相逢。

　　此詩充滿意識流的情調，表現詩人內心紛亂而又缺乏邏輯聯繫的印象之流，幾種不同的想法相互碰擊，別開新境。前六句包容了很多不同的想法，末聯突然冒出了希望，充滿喜樂之情，這在劉德爵詩的悲苦系列中極為罕見。又〈憑几〉云：

憑几隨時觚自操。躊躇滿志奏鉛刀。

餐風但作蜉蝣計，枕麴安知蝶羸豪。

涉世東風吹馬耳，釣江夏日著羊袍。

管弦交響西來樂，似聽松聲萬壑濤。

　　此詩擺脫了個人的渺小和悲苦，躊躇滿志。東風馬耳指對世事充耳不聞；「釣江」句則以嚴光披羊裘釣澤中自喻，安於歸隱。末聯突然飄來西方的管絃樂，自是神來之筆，表現驚人的想像，時空的跨度很大。

　　〈雲煙〉云：「雲煙天上占風雨，蠻觸人間改版圖。變化從來新意少，笑看造物畫葫蘆。」〈寵辱〉云：「山行踏盡崎嶇路，巷口尋人補破鞋。」世情無奈，有時只能自我解嘲。

《燕芳詞冊》

1953 年，劉景堂〈金縷曲〉「題堅社聲家賦贈《燕芳詞冊》」，演繹芳腔，精彩動人。

> 百囀春鶯舌。是何人、廣寒偷得，夢中殘闋。不是詞仙誰解賞，醉把瓊壺敲缺。算粉黛、才華雙絕。莫倚玉龍尋怨曲，怕空枝、上有啼鵑血。催入破，倍淒切。　迴腸別有愁千結。歎人間、燕歌未了，楚歌相接。今古英雄成底事，彈指聲名俱歇。空聽取、昆池嗚咽。何況尊前兒女恨，向西風、只共寒蟲說。滄海淚，為誰熱。

劉詞專寫賞音知音之情。詞中的滄桑身世只是烘托聲情，深化意境。上闋形容芳腔出於廣寒夢界，跟著寫芳艷芬（梁燕芳，1928-　）的才情，而玉龍怨曲則形容歌曲感人之深。下闋寫作者的愁懷，英雄兒女，一切原歸空幻。但聽歌卻喚起一片熱腸。老淚縱橫，未免有情。此詞引起廖恩燾（1866-1954）的共鳴，劉氏又賦〈金縷曲〉「前題《燕芳詞冊》署別號傖公，而懺庵不知余作也，激賞不已，並和韻二闋。其小序引隨園句云：『天涯沿路訪斯人。』余深感其意，再賦一解」：

> 醉後狂題墨。誤諸公、何劉沈謝，暗中摸索。莫笑埋頭雕蟲技，偃蹇吾廬非窄。況此地、曾容押蜃。塵土功名何足數，恨金丹、未熟頭先白。人海沸，強藏一。　故人漸遠無消息。更無情、光陰百代，不居如客。我亦人間悠悠者，禿盡春風詞筆。算慣見、飛花狼藉。昨夜西樓吹笛罷，倚新腔、似為秦娥憶。心上事，共潮汐。

蕭芳芳詩

1956 年，章士釗（1882-1974）來港，流連文酒之間，同時也兼負對臺的統戰工作，得詩百餘首。翌年何焯賢編為《章孤桐南遊吟草》線裝一冊，劉景堂撰序，附趙尊嶽（1898-1965）函二件，何焯賢跋尾。其中〈蕭芳芳詩〉三首：

鶯鶯好好到當當。一例雙文壯盛唐。

回首蕭關千載後，萬人抬眼看芳芳。（其一）

婷婷嫋嫋已逢場。小小年華九度霜。

待到梢頭含豆蔻，琵琶學得更當行。（其二）

一星曙後吐孤光。金相飛揚色相莊。

一段登場兒戲事，慎將書札問蕭娘。（其三）

其一崔鶯鶯、張好好等皆唐代的名女子，疊字為名，故曰雙文。蕭關在寧夏，詩中大概只是點出蕭姓而已。其二寫芳芳才九歲，大可磨練演技。其三寫兩代的交誼及蕭芳芳（1947-　）的成就。詩中首句「孤光」注稱「芳芳為吾友蕭乃震之遺女」，次句則謂「現以雛齡得金相獎者，芳芳外無人」。

蕭芳芳九歲的時候，已獲章士釗贈詩三首。1964 年，章士釗八十四歲，蕭芳芳十七歲，女大多變，早成了影壇的紅星，自然更令人刮目相看了。《芳芳私相簿》載錄章士釗七律的原件，題稱「甲辰秋在香港為芳芳世講書此資他日印證」，章士釗想印證甚麼呢？詩云：

十載經過服善才。每回相見轉驚猜。

年翻荳蔻梢頭月，名起芙蓉塘下雷。

曙後孤星遺貌在，堂前紅粉一時迴。

碩書待詔塵霾久，卻讓蕭娘踵武來。

　　「善才」解藝人，指芳芳，首聯即有驚豔之感。次聯注稱「神似乃父」，由杜牧詩「豆蔻梢頭二月初」及李商隱（813-858）「芙蓉塘外有輕雷」化出，分寫芳芳的豔光和名氣。「堂前」句亦出杜牧（803-852）「忽發狂言驚滿座，兩行紅粉一時迴」之句，描寫佳人回望的神情。末聯注謂「近書法仿文待詔甚工」，稱許芳芳的書法得文徵明（1470-1559）筆意，可能這更是老人的期望了。

詹安泰七夕詞

詹安泰（1902-1967），字祝南，號无庵。廣東饒平人。中山大學教授，深於詞學，著論甚多。著有《宋詞散論》、《詹安泰詞學論稿》、《古典文學論集》、《離騷箋疏》等；作品則有《鷦鷯巢詩·无庵詞合集》傳世。最近我整理劉景堂先生遺物，發現詹安泰的信件及詞作。其〈拜星月〉「七夕和禾丈、伯端、瑞京」云：

> 院溢蟲音，山溫禽夢，片月流雲匝樹。曲檻迴廊，覺微微風露。舊遊地，尚見、飄燈列座明綺，走馬籠街香霧。捲盡珠簾，定雙星知否。　理閒情、響屜曾誰步。針樓上、肯把良宵誤。正恁繡巧年年，寄江關何處。照毿毿、鬢髮今如許。秋雲蕩、淚落城烏苦。可更問、後夜星辰，隔紅牆難渡。

此詞作於 1949 年，詹安泰由廣州分寄香港黎國廉、劉景堂、張瑞京等，原非和作，後來為應酬而加上副題。此詞典雅嫻柔，乃婉約正聲。上片出於想像，烘托秋情氣氛。下片刻劃離情，其實卻是暗喻歲月無聲，年華漸老。結拍暗示時局動蕩，哀音似訴。

詹安泰香港詞

詹安泰〈水調歌頭〉「香港陪懺盦、六禾、仲晉諸老輩及伯端、叔儔兄、青萍弟集菩苑，並游太平山、淺水灣」稿云：

> 佳節中秋近，客夢正矇矓。脂車飆發縈念，鷗侶忽相逢。把酒臨樓一笑，塵慮悠悠自了，誰復論英雄。氣岸天如醉，白眼看青空。　水淺碧，山蒼古，路西東。投林癯鶴，奇響隨處會游龍。莫問是非堯跖，自有連雲甲宅，著我老仙翁。興盡各分散，落日海霞紅。

詹安泰寄劉景堂信二函，其一寫於 1949 年 8 月 10 日，七夕剛過，信云：「賤眷稍事安頓後，擬為港澳之遊。」其〈齊天樂〉云：「剩雁能來，無珠可賣，空憶秋吟前度。」當時或有南來香港的打算。其後過港復歸，遷入中山大學北齋十三號，10 月 11 日函云：「港中詞老不少，禾丈尤所仰佩。甚思傾聆鴻誨，而集會人多，無緣請益，耿耿此心，如何可言。目下時局甚緊，萬一有變，此調恐永不復彈矣。」詞題懺菴即廖恩燾，青萍即陳湛銓（1916-1986）。上片寫佳節相逢，知音相得。下片「連雲甲宅」，但他卻無意留港，結拍寫出了自己回國的決心。

萬重煙水渺歸路

　　高永嘉（1922-　）先生，別號悟覺、夢痕、秀全鄉人等，廣東花縣人。出身富裕之家，風流倜儻，夙負不羈之才，文筆豔發。中年流落臺北，隱居鬧市中，所與交者多是市井粵人，率性天真，而自得其樂。先生題所居曰風雨頹樓，好讀書，收藏詞籍甚豐。後來一度回港，住粉嶺聯和墟錦華園。其後赴廣州治療眼疾，人事倥傯，驟失聯絡，不知所終。1971年，我課餘隨先生學詞，又遍讀熊十力（1885-1968）著作，天人之際，頗有悟境。嘗贈先生〈齊天樂〉云：

> 非煙非霧還非夢，悽悽最憐霏雨。寒氣侵枝，零香賸葉，難縮將離情緒。怨春無語。算譜入絲桐，更添酸楚。只恐明朝，落紅亂點錦華路。　　人天無限寂寞，縱冰心玉骨，都化塵土。世態千翻，炎涼一例，付與庾郎愁賦。者生最苦。但放酒狂歌，幾番朝暮。莫說滄桑，天涯誰念汝！

　　高先生一生哀樂過人，遭遇抑鬱。此詞後來由陳乃安、伍星洪譜曲。先生和云：

> 吟魂底事傷憔悴，清明更逢絲雨。策杖春暉，憑闌思婦，孰會斷腸羈緒。春鳩急語。似促客揚帆，莫添離楚。極目鑪峰，萬重煙水渺歸路。　　錦華花事奚若，料裁枝去後，漸委塵土。屈子情懷，莊生蝶夢，但覺新來慵賦。者番最苦。倩誰憫征人，暖寒朝暮。同是天涯，劇憐吾與汝。

粉嶺錦華園

1972 年中秋前夕，高永嘉先生回港，住於錦華園中，其〈多麗〉詞描寫粉嶺風光，鄉居愉悅，搖曳多姿。

鬱蔥蔥。四山佳氣蓊蘢。襯霜楓、燕支點翠，冬巒卻染春容。谷凝嵐、迷離蜃市；雲籠岫、隱現霓虹。菜圃堆金，桃蹊綻絳，盈畦綠韭醉香濃。菊叢裏、鵝黃霜白，疏綴數株紅。如傳素，維摩縱妙，難狀天工。　十年歸、園廬未改，最憐慈母龍鍾。喜鄰童、長成及頷；嗟遊侶、半已迷蹤。變幻無端，替隆可跡，繁華一瞥慨隨風。賸多少、斜陽樓閣，都付闇塵封。闌干角、撩人意緒，漸起寒蛩。

此詞上片鋪寫秋冬景物，渲染山色、菜地和花卉，工筆描畫，彩色鮮麗。下片寫十年來的人事變幻，由慈母、鄰童以至遊侶，都籠罩著強烈而又無奈的滄桑之感；繁華逝水，壯懷虛付。結尾秋聲促拍，更具感人的力量。我得知高先生回港的消息，歡喜若狂，當晚秋聲瑟瑟，頗難入寐，即填〈朝中措〉一闋：

重來不是舊時人。認得淚痕新。解道辛酸如許，只緣曾共風塵。　雨聲淅淅，雷聲隱隱，洗盡江雲。撐出一池秋鏡，浮星萍聚翻銀。

上片寫先生的際遇，悲涼酸楚；下片寫當晚天氣；雨過天青，星月翻銀。

風雨頹樓

高永嘉在臺北時，租住永和竹林路一間二樓僭建的破房子中，約二三百呎。樓梯由屋外上去，吱吱作響，先生戲稱之為「風雨頹樓」。雖說風雨飄搖，一燈熒熒，但談詞論學，我們也一起渡過了兩年充實的日子。高先生〈憶舊遊〉云：

> 最難忘歲月，苦渡朝昏，風雨頹樓。黯盡淒涼味，記狂颶幾度，梅雨無休。撼窗沁瓦濡戶，溝淤匯成湫。更蘚闇庭階，蘿封石徑，寂寞如囚。　凝眸。向西望，歎邐邐爐峰，難買歸舟。間有怡情處，看花搖碎影，眉月含羞。紅袖暗攜尊酒，來共滌清愁。黯事往秋雲，蓬瀛甚日重漫遊。

此詞乃回港後思憶舊居之作。上片全用白描，極力摹寫風雨頹樓的苦況，颱風撼戶，寂寞如囚。下片改用輕快的筆調，捕捉美好的生活鏡頭。花月怡情，美化回憶中的景物；紅袖翠尊，則可能出之以想像了；一虛一實，情韻動人。上下片結構勻稱，表現濃厚的生活氣息。拙詞〈踏莎行〉「夏夜踏月過中正橋」也是從風雨頹樓出來漫步夜歸之作，月色溶於一片淡白的微茫中，清澈澄悅。

> 流水搖粼，銀光瀉月。永和橋上添新雪。橫空都作白溶溶，望中燈火翻明滅。　碧落霜暉，瓊瑤宮闕。冰涼況味誰堪說。最難消受是華年，姮娥自與人間別。

《風葉詩詞稿》

高永嘉有《風葉詩詞稿》，似未成集；加以生活流離，老病纏身，當然也不容易整理出版了。我只保存了高先生二三十首的詩詞作品，尤多寫情之什，哀感頑艷，淒然欲絕。〈拾月念七日與湛廬兄漫步，重過廣華園故址，則已改建為廣華醫院，廣廈渠渠，觸念百合，感然口占〉云：

> 當年曾共嘯煙霞。今日迷離樊素家。
>
> 別後依依頻入夢，廣華難覓白蕡華。（其一）
>
> 此身已分投荒老，不謂歸來尚未遲。
>
> 獨惜梁空泥落盡，可堪重味薄嚬時。（其二）
>
> 十載漂零獲息幾。舊遊景物已全非。
>
> 我同華表歸來鶴，環珮空懷玉韻微。（其三）
>
> 偶爾重尋舊夢痕。園亭木石記猶新。
>
> 芳菲盡換渠渠廈，綽約平添點點塵。（其四）

諸詩寫於 1972 年的秋天，湛廬即江劍凌，白合則是廣華園的故人，一時未能聯絡，意殊惘惘，幸而不久就重遇了。又〈木蘭花慢〉「重過百合故居紅樓，方在拆卸，前塵影事，驀泛心頭，悽然感賦」云：

> 訪經行舊處，乍陳影，泛從頭。記舞罷慵歸，泥人踏月，曲意幽幽。綢繆。暗芳偎傍，驀人天靜寂兩情悠。禁得溫馨沈醉，霎時萬慮都收。　回眸。秀靨暈羞。伴轉臉，怨輕浮。縱載酒江湖，疏狂杜牧，猶遜風流。嗟休！十年重到，悵藍田路杳玉難求。擬把閒愁寄酒，愁深欲寄還留。

湛江羈旅

　　江劍凌（1915?-1977）別號湛盧，花縣人。售鞋為業，在佐敦道快樂戲院旁邊開設「美的鞋」。有《湛盧詩詞草》，似亦未及刊印傳世。高先生回港後，我們時常在龍如大酒家見面。江劍凌〈憶舊遊〉「本意」序云：「抗戰時羈湛江，寓鎮龍園，睹投奔大後方同胞日夕絡繹於中法界之寸金橋上。舖仔墟接邇湖光岩，乃法爵紳陳學談（1882-1966）燕居處，至今猶念陳氏當年禮遇。勝利後濫竽議席，旁及維護湛市花木，瞬而綠愁紅散，徒勾起黃昏塗遠耳。」借歷史寄慨，感懷身世，詞云：

> 記碉州晚眺，舖仔煙斜，雞嶺晨曦。鎮龍園羈舍，有奇花異木，更長桑麻。悄立寸金橋上，曾幾度塵遮。看咫尺相違，奔流似瀉，倒向天涯。　　懽譁。報降訊，掃盡妖倭氛，重駕雲車。愧濫竽言路，布匡時蒭議，期救偏差。亂紅驟惹風颷，情遠願全賒。再寫入黃昏，西營野寂棲暮鴉。

　　此詞上片摹寫湛江景色，一片繁華；但寸金橋上難民潮湧，不禁神傷；末句氣勢凌厲，民胞物與，這是湛盧詞的本色所在。下片寫勝利後匡時救弊，原有作為，可惜事與願違；末句以黃昏作結，更添感傷氣氛。江劍凌以餘力營商，長袖善舞，有陶朱公之遺風。〈喜夢痕兄歸港賦贈〉頗致愛才之意，聯和即粉嶺聯和墟，其四云：

> 詞場此後添清韻，水秀山明好入詩。
>
> 風月聯和虞蝶夢，花山才子友兼師。

《湛盧詩詞草》

　　江劍凌《湛盧詩詞草》中多見豔情作品，詞意鬱勃。湛盧風度翩翩，俊朗瀟灑；但其人耿介自持，稟性敦厚。發言為詩，在於寄意；生活細節，則屬個人涵養之道。情欲之間，君子固有所不為也。其〈念年來已無宮體之作，偶為夢痕兄之豔什觸發，依稀夢境，情復相同；成灰蠟炬，又復然起，率和四章，稍寄心聲〉云：

　　幾度低徊浴晚霞。紅樓鄰近小蠻家。

　　柳絲籠月愁輕裊，霧鬢風鬟憶麗華。（其一）

　　十年猶記初來日，枝上呢喃學語遲。

　　聽雨低雲風絮亂，舊情新恨燕歸時。（其二）

　　東風紅杏兩忘幾。一縷情牽入夢非。

　　妝到濃時偏尚淡，身如可託力翻微。（其三）

　　景界迷離花月痕。時嗔時喜舊猶新。

　　何須覓取殷勤意，已分春泥再化塵。（其四）

　　四詩纏綿綺麗，自有本事，虛實之間，迷離惝恍。花月無憑，儘管只是一時癡想，然而遁入記憶之中，往往就成了刻骨銘心的意象。香草美人，隱含志節；湘雲楚雨，寧肯忘情？霧鬢風鬟，婉約含蓄，惜花人語，美化心靈。又〈浪淘沙〉「無題」情韻相似，知己難求，自然也有所寄意了。

　　生小苦伶仃。江上浮萍。長成玉立影亭亭。明月投懷秋寂寂，共惜惺惺。　午夜指雙星。無限溫馨。此情猶記醉還醒。將去可憐留不住，夢遠空庭。

嘉道理農場

　　江劍凌〈多麗〉「嘉道理農場」描寫元朗風光，景色秀麗，江國昇平，似有桃花源的意味。這是中國傳統文人的理念，而寫意亦多於寫實了。詩詞作品不必跟現實完全一致，多一分想像，多一分空靈之美，而詩詞自然更能展現出動人的魅力了。

　　水潺潺。石鳴清韻凝寒。樹扶疏、花嬌柳媚，青藤木槿環山。草如茵、疑鋪翠玉；林間鳥、集噪紅棉。小港松溝，鵝潭印月，殊方景象似邯鄲。探幽勝、路迴峰轉，一片晚楓丹。相輝映、鴿巢雞舍，魚塢豬欄。　　騁郊原、牛羊牧野，二三舟趁潮還。豔陽天、嘯吟侶俊；黃昏裏、裙屐莊嫻。江國昇平，宇寰擾攘，乾坤莽莽捲波瀾。乍隔岸、閃光浮鑽，鐙火綴層巒。遊踪息、廣陵歌歇，夜漸闌珊。

　　此詞上片鋪寫旅途景物；邯鄲一夢則勾起對廣州及歲月的回憶，美化農場生活。下片多寫裙屐宴集及個人懷抱，江國指香港，宇寰則指世局，一片動盪不安的情緒籠罩全篇，此所謂「先天下之憂而憂」的胸懷，深化了詞境。「乍隔岸」句回望港島，浮光閃鑽，加強渲染眼前的太平風月，而農場麗景更表現得疑真疑幻了，豐富想像，這是一種「鉤勒」的技巧。末句以夜闌作結，廣陵人散，但燈火層巒卻燃點出永恆的希望，也是一份寧謐安詳的感覺。詞境渾厚，寄意亦深。

詩人黃文寬

黃文寬（1910-1989），廣東台山人。歷任廣州市律師及廣州大學、廣州法學院及中山大學歷史系教授。晚任廣東省文史研究館副館長。著《澳門史鉤沈》，網羅地志筆記及中西史料，排比繫年，評騭是非，極富參考價值。黃文寬也是當代的金石及書法名家，惜印稿遺編久未刊出，使人擔心。此外黃氏更精研易理，擅詩，多才多藝，識見廣博。

黃文寬嘗於四十年代初住澳門筷子基從事澳門史地的研究。戰後居於廣州，直到 1987 年才再來澳門，得詩數十首。李毅剛（1939-　）纂輯《澳門四百年詩選》，選錄十八首。黃文寬〈一九八三年元月遊河觀澳門風光有感〉云：

悄倚船舷淚欲傾。重來濠海不勝情。

卅年親友凋零盡，怕聽寒濤拍岸聲。

過去大陸不怎樣開放，內地居民很難來澳遊覽。但珠海早就有遊船出海，繞著澳門的海岸走一圈，黃文寬就是在這種心情下重臨澳門的。當時他雖然不能登岸，但遙望澳門的風煙，四十年的人事若隱若現，心情十分激動。詩中「淚欲傾」、「不勝情」、「凋零盡」、「怕聽」等用的都是最重的字眼，傾力發洩，一瀉無遺。

一切唯心造

　　1985 年，黃文寬來香港中文大學訪問，講授書法及晚明的嶺南詩學。我們談詩論學，相處歡洽。臨返廣州之前，他將珍藏的《孤本黃牡丹詩》借給我影印，以廣流傳。此外又留下詩稿影本一疊，以律詩為主，共得 264 首，他囑咐我暫時不要刊佈出來，以免招禍。黃詩多託意於豔情，借古諷今；偶然針砭時弊，也只是表現詩人關懷人世的一縷真情，談不上甚麼違礙字眼。後來我去廣州，本來要去看他的，順便觀賞他的珍藏。他可能怕家居環境欠佳，只推說廣州建地鐵交通混亂，不好找。他來東方賓館跟我喝早茶，然後又拄杖獨行，消失於廣州忙亂的人流中。他瘦小的身影健步如飛，令人難忘。拙作〈奉贈黃剛齋丈〉詩云：

　　海晏重來事已非。佇晴人遠素心違。

　　羚羊掛角無蹤跡，頑石垂頭任指揮。

　　詩繼義山憐側艷，易傳羑里悟精微。

　　拈花為釋如來意，閉目遙岑對夕暉。

　　黃文寬詩稿中有〈佇晴詞〉二十一章，自亦託意於身世者也。又先生嘗刻印「一切唯心造」一方為贈。先生喜歡閉目清談，不廢思考。

〈香溪謠〉

黃文寬〈香溪謠〉并序:「荊門一溪流入西陵峽下,水清冽,與長江之混混者不同。上流為明妃村,相傳昭君浣於溪畔,墮珠溪中,故溪水長清,名曰香溪。」詩云:

長門冷落漢恩薄。大漠荒涼風沙惡。漢家昨夜有明詔,嫁衣再著隨胡俗。隨胡俗。隨胡俗。再嫁胡兒作新婦,母子宣淫同六畜。身出禮義之邦,而入無知之俗。青塚草,草青青。千古傷心出塞情。持節不能同蘇武,埋骨生憎近李陵。只今唯有荊門生長沈珠地,香溪之水水長清。村人生女莫浣香溪水,浣水能使女兒麗且妍。麗且妍,豈不好。去病已亡李廣老。廷議和親畫工狡。生怕女兒選入漢宮遠嫁與胡人父子青塚長埋長青草。

此詩寫於 1983 年,乃作者〈蜀遊小草〉十五首之一。這是一首七言古詩,尤多長短句,末句長達二十二字,一氣流轉,也很上口。又詩隨韻轉,共分三段。首段用入聲韻,批評胡俗宣淫,鋪寫昭君再嫁繼任君主的絕望之情。次段改平聲韻以香溪水清映襯昭君的冰清玉潔,大義凜然,可是大家卻以「生女莫浣香溪水」為戒。末段叶上聲韻反對將「麗且妍」的女兒嫁入漢宮轉送胡人父子,暗喻人才難以媚俗。

〈湄園秋意〉

　　黃文寬〈湄園秋意〉八首，序云：「歲在甲申，避倭連陽。與友人構木屋于畫不如樓之西，面臨湟川，榜曰湄園。賣漿自給。既而寇氛少靖，同行多去。獨以貧故，留連不返。秋風蕭瑟，感激成篇。」詩作於 1944 年抗戰後期，七律八首，蓋仿杜甫〈秋興〉而作，這已成了中國詩人的傳統。萬方多難，感情抑鬱。連陽在粵西山區，畫不如樓乃當地名勝。唐劉禹錫（772-842）貶連州詩云：「都人若問連州事，惟有青山畫不如。」後人遂為構畫不如樓於州城上。其一云：

　　煙飛雲斂野荒荒。歲律崢嶸又肅霜。

　　莞葦銀塘花薄采，楓林玉露葉飛黃。

　　幽憂拼入商飆發，旅食重驚歲序長。

　　冷落平生心跡在，江天寥廓立蒼茫。

　　前四句專寫江天秋色，塑成一片荒涼的世界。首聯氣氛詭秘，次聯莞葦、楓林，對偶精工。三聯寫戰時的生活感覺。末聯心高氣傲，獨立蒼茫。其四末云：「青氈舊物垂垂盡，白髮新愁暗暗滋。憔悴江潭遲暮日，蒹葭誰詠水之湄。」窮愁潦倒，憂患悲凄；但詩人還是藉「蒹葭」寄託了深遠的理想，所謂伊人，在水一方。

梅花明月憶前身

黃文寬〈湄園秋意〉八首,避亂連陽,自抒懷抱。其五云:

倚竹天風冷碧紗。卷簾人瘦比黃花。

茂陵未上長門賦,犢鼻先傭賣酒家。

乞米日臨顏氏帖,荷鋤時種邵侯瓜。

雲和一曲冰泉咽,弦柱無端念歲華。

起聯分別用杜甫空谷佳人日暮修竹及李清照黃花人瘦自擬。頷聯寫司馬相如(179-118 B.C.)在未得漢武帝知遇之前,也曾在臨邛的酒肆中穿著犢鼻短褲賣酒,當時黃文寬賣漿為生,用典貼切。頸聯「乞米」意有相關,書法或可資謀生,其實主要還是充實個人的修養;「邵侯瓜」即放棄過去的貴家身分。末聯暗用李商隱(813-858)「一弦一柱思華年」的句意,感慨歲月如流。

其六明月梅花,清麗脫俗,也是黃文寬的典型詩風。

偶從明月憶前身。似記梅花共比鄰。

銀渚雙雙仙羽翠,玉池葉葉露華新。

紅綃舞袖裁雲錦,紫陌春風踏麴塵。

南浦別來江水冷,孤燈惟照夢歸人。

銀渚玉池,均寫湟川景物。頸聯想像出奇,在粼粼的麴塵波光中,紅綃翠袖,鋪滿了春的氣息。結聯一燈熒熒,點出現實的淒清。

光華日月何時旦

黃文寬詩稿中有〈春囈〉七律七首，作於 1949 年的春天。諸詩情辭典麗，詞旨隱晦，但字裏行間卻掩藏不了激越的情緒，自然也充滿了怨懟的感覺。詩人的感情世界十分複雜，很難用三言兩語歸納出來。其一云：

蚊聚群聲信若雷。蕭條午夜暗相摧。

紛紛六合喧難寂，擾擾中宵去又來。

隔壁鄰翁猶發囈，酸腸餘味似吞梅。

光華日月何時旦，感激離憂賦永哀。

前四句全寫蚊子，聚蚊成雷，擾攘中宵，一個變局即將出現。腹聯鄰翁發囈、吞梅腸酸寫內心久渴的哀痛。末聯期望太平的日子，可惜當時還未能看到出路。其五云：

龍拏虎擲幾經過。油盡燈枯奈若何。

舍命自教全命易，負恩誰記受恩多。

長安再見吟秦婦，灞水東來謝玉珂。

見說有人還夢夢。還尋夢夢夢南柯。

起聯寫勝敗的形勢漸分。頷聯刻劃複雜的人性。腹聯秦婦喻難民；「玉珂」則指達官貴人，出李商隱〈淚〉詩「朝來灞水橋邊過，未抵青袍送玉珂」，表現流離亂世及人情冷暖。末聯疊用了一連串的「夢」字，精於鑄鍊，也寫出了不明朗的前景。

木棉紅傍陸生祠

黃文寬〈春囈〉七首，深於憂患，感於時局。例如「悽悽老柳搖千樹，落落哀鴻滿四郊」、「盛衰雖日關天命，得失真如反劫棋」、「背負青天風在下，幾曾憂族武安侯」諸語，都寫出了亂世風雲。其六云：

> 負山阻險海南隅。趙令無慚任尉知。
>
> 五嶺龍蟠分楚澤，百蠻狼顧走黃支。
>
> 一州亦主言何壯，專號聊怡事可悲。
>
> 莫向朝臺論霸業，木棉紅傍陸生祠。

此詩當與《史記‧南越王傳》同讀。漢初南海尉任囂（268-206 B.C.）病且死，囑咐趙陀（240-137 B.C.）在嶺南立國，「此亦一州之主也」，趙陀因自立為南越武王。黃支乃古國，在日南之南，今東南亞一帶。文帝派陸賈（240-170 B.C.）使越，勸趙陀歸順朝廷，去帝號。「朝臺」即朝漢臺，朔望升拜。黃詩盛稱陸賈，足與紅棉爭輝，可垂永祀，立意鮮明。其七云：

> 在天羅網將安之。八表同昏共此時。
>
> 金縷荷衣傷夢短，美人香草惜春遲。
>
> 沾襟不掩浪浪淚，弭節高馳渺渺思。
>
> 悵望殘山兼剩水，苞桑誰解繫亡辭。

《易經‧否卦》云：「其亡其亡，繫于苞桑。」苞桑喻本幹，反映岌岌可危的政局。

漂泊休隨水上萍

1949 年的夏天，黃文寬連作〈夏語〉七律三十首，依次遍和《詩韻》上平、下平三十部韻，感時寄意，纏綿悱惻。「千古謾論南渡業，華嚴彈指去來中」，回顧了一代的興亡。天翻地覆，新舊交替，詩人藉詠史紀錄了他的心路歷程。其二十四云：

回望中原一髮青。短亭過去更長亭。

天涯海角神州盡，瘴雨蠻煙白日暝。

聽取鷓鴣行不得，枕來瑪瑙夢難醒。

留君且住為佳耳，漂泊休隨水上萍。

這首詩寫他不肯離開廣州的原因，「瑪瑙」名貴，象徵希望，不甘漂泊。其二十六下半亦云：「得失何妨皆自我，是非留待付千秋。東西南北多歧路，休逐少年事遠遊。」又一再申明不走的決心。其三十云：

卜居情願則彭咸。銘背難為口密緘。

早悟有身多大患，所悲吾嗜異酸鹹。

離騷蓋自怨生作，心史憑誰付鐵函。

天寔為之非獨好，我詩如此不能芟。

作者以屈原（339?-278 B.C.）自況，托意隱居。他又指出老子「寵辱若驚，貴大患若身」的道理，可惜卻不能隨俗浮沈。鄭思肖（1241-1318）《心史》專記宋亡雜事。末句一番傲骨，詩就是詩，不能妄刪。

〈黑牡丹〉詩

　　黃文寬詩稿中有〈黑牡丹〉七律六首，注稱「為黎美周所作墨水牡丹作」，1954 年撰。黎美周即黎遂球（1602-1646），明末番禺人，南園十二子之一，嘗以〈黃牡丹詩〉十首名噪一時。黃文寬得其所作墨水牡丹圖卷，題詩寄情，自然也有爭勝的意味了。其一云：

> 南渡風流憶永嘉。宓妃誰賦洛川霞。
>
> 緇衣授子惟宜好，秀髮當窗見鬈髶。
>
> 香國自來推富貴，傾城爭共鬥繁華。
>
> 晉宮自識昆侖貌，不數姚家與魏家。

　　首句指晚明揚州黃牡丹花會的盛事，次句則用〈洛神賦〉比喻黎遂球的才情。頷聯寫圖卷的墨水花色，黑衣秀髮，別有風情。腹聯寫牡丹的本性，這裏只有渲染作用。末聯昆侖原指古代印度、南洋及東非一帶，居民膚色黝黑，用來形容黑牡丹，也就把姚黃、魏紫諸般名種比下去了。其三下半云：「機絲繰染偏憐墨，天下平分半出揚。莫怪漆園蒙叟錯，還將正色問蒼蒼。」機絲繰染專寫黑牡丹的神韻；牡丹花固以洛陽為盛，但詩中的牡丹則以揚州為美了，可以平分天下。末句出《莊子・逍遙遊》「天之蒼蒼，其正色邪」，黃文寬奉黑色為正色，立意巧辯。

〈落葉〉詩

　　黃文寬詩稿有〈落葉〉七律六首，譏刺時弊，怨怒成聲。詩前有長序，略云：「蒙自歷紅羊，心棲易學，戶庭不出，吟詠久荒。涸鮒同殃，敢怨城門之火；懸絲一命，已深肓膈之痛。況復狡童異好，身等殷遺；奇服少耽，心驚桀犬。甫來辛苦，白經系累。」寫出了文革的陰暗面，詩意隱晦。其四云：

月明回首祇堪哀。憶得春風笑語來。

拂檻露華扶芍藥，滿庭篩影照尊罍。

剪桐爭說曾分土，刻楮何須枉費才。

休羨千山紅漸遍，十分紅處便成灰。

　　前四句彰映牡丹，婆娑篩影，春意溫馨。腹聯「剪桐」出《呂氏春秋‧重言》，成王以梧葉為珪，分封叔虞；「刻楮」出《韓非子‧喻老》，宋人以象牙雕刻楮葉，足以亂真；真偽莫辨，諷刺深刻。末聯千山紅遍，盛極而衰。其他激憤之句尚多，例如「洞庭瀲灩波方始，河漢清泠分已暌。漫向綺筵論墜溷，群芳久已踏成泥。」「戾天乍視群飛隼，沸鼎真成並竄魚。誰信同根兼並蒂，然煎一火竟無餘。」「窮谷莫嗟吹野火，焚坑餘燼爇狐簧。」「無情過盛而當殺，有悔占盈總多亢。」寫出內心的隱痛。

〈佇晴詞〉

　　黃文寬詩稿有〈佇晴詞〉七絕二十一章，寫於 1973 年，煙水迷離，疑真疑幻。序略云：「詩人季老置郵傳命，屬題佇晴圖卷。蒙未睹續素，先驚本事。爰廣再題之意，別裁長慶之歌。胡笳急拍，匪羨中郎；煙柳長條，不勞虞候。憮其歎矣，于意云何。然不幸未入生花之夢，黃絹慚非幼婦之辭。爾乃勦竊陳言，聊以塞責云耳。」1946 年，李研山（居端，1898-1961）嘗作《青山無恙圖長卷》。其後來港在鑽石山下元嶺開設畫室，其女弟林靄仿作《佇晴閣青山無恙圖卷》，深為李研山賞歎，惜未及跋識而遽歸道山，林靄亦遠遊海外，死生兩訣。癸丑初春，區季謀（1896-1998）出此卷囑為題詞，作者甚眾。黃文寬或偏離本事，託意於豔情，專寫個人心跡，自抒懷抱。以下抄錄六首，讀者以意逆之可也。

　　　　瓊華難駐七香車。海上來尋犯斗槎。

　　　　縹杳蓬壺仙綽約，蟾宮蕊闕護緋霞。（其三）

　　　　江皋雜珮以要之。怊悵斯靈懼我欺。

　　　　不用還珠雙淚落，相逢未嫁未家時。（其四）

　　　　拂床竟篿擁青氈。膩粉霑脂伴翠鈿。

　　　　此恨不同元九恨，天邊明月別人圓。（其十一）

　　　　桑間三宿忍忘情。把酒臨風更祝卿。

　　　　但願新人無似我，好花人壽月長明。（其十二）

　　　　香爐峰下山盟在，淺水灣頭海誓同。

　　　　休譜釵頭鳳一闋，漾波曾此照驚鴻。（其十八）

　　　　悲歡離合自同同。金粟如來法不空。

　　　　如是我聞如是幻，漫論倚翠與偎紅。（其二十）

末首「論」讀平聲。大抵人間有情，色空如幻，死生契闊，可能也揭示一個帶著遺憾的淒美的故事，感同身受。

〈水仙詞〉

水仙可以說是春的仙子，潔白的花瓣，襯出一顆嬌黃的心，挺立於碧玉翠莖之上，神光離合，楚楚幽姿。朝夕相對，自生情愫，在夜香微茫中，飄然地降謫人間。

黃文寬詩才敏捷，風華綽約，麗詞秀句，別有會心。其〈水仙詞〉七律十五首寫於 1974 年，《廣東詩詞選粹》選錄五首。諸作以西施喻水仙，以屈原喻己志，冰肌玉骨，幽潔芬芳。

其一慨歎眾芳蕪穢，量珠卜宅，願與三閭風雅為鄰。[十五之一]

其二栽花心事，相期並蒂，「絕代只應依草木，任人容易笑痴狂」兩句有無限憤世之意。[之五]

其三摹寫花神，雕琢工筆。詩云：

凌波微步襪生塵。離合神光現色身。

玉骨冰肌多綽約，風鬟霧鬢自逡巡。

釵搖金鳳盈盈見，香散曇雲陣陣新。

別有繫人心處在，若耶浣罷又含顰。[之七]

其四西子遭劫，不堪回首。「雨覆雲翻料峭天，珠簾深下護嬌妍。浮生爭說存無地，弱水重環別有仙。」[之十一]

其五修成正果。「青青不改長松色，鑿鑿還留白石根。滄海月明深院靜，水晶盤對素心人。」花與人合一，表現素心高潔之美。[之十二]

懷念勞天庇

　　1996 年元旦過後，驚聞勞大夫在加拿大逝世的消息。詩壇零落，思之黯然。勞天庇（1917-1995），字仲晃，號墨齋，南海人。歷任廣東中醫專科學校教授，廣州廣東中醫學院內科醫師。1951 年來港，懸壺濟世，更著詩名。著有《在山堂詩》、《在山堂詩續》二種，大抵取義於杜詩「在山泉水清，出山泉水濁」之語。此外勞大夫在廣州老屋亦名在山堂，藏書甚豐。他來港後重新購置書籍，稍復舊觀。九十年代初，勞大夫舉家移民加拿大，藏書復散。我曾在火炭某貨倉門口檢得《皇清經解》及大批詩話叢書，聞之悲愴。李鴻烈〈悼勞墨齋加國〉云：

異國誰栽杏滿林。斯人大化杳遺音。

固知高蹈非心願，早卜歡言祇夢尋。

詩語自工情款款，山堂空在日陰陰。

寒雲四合天東北，遙望何堪痛一吟。

　　李詩痛惜詩人暮年去國，同時又指出《在山堂詩》的深情。豈料一別即成永訣，只能向東北遙祭了。 1983 年，拙稿有〈歲暮書懷敬步墨齋詞丈韻〉四首，其一云：

淒絕山堂老，相思激雅弦。

藥壺藏厚愛，心事隔重淵。

怕惹飛花絮，須憐穀日天。

倚闌晴爛漫，不覺歲華遷。

　　勞天庇〈午睡〉詩云：「垂簾不捲寧關懶，多恐飛花誤入懷。」又有〈丙午穀日喜晴示內〉一首，穀日即吉日，情懷淒絕。

意苦情深

勞天庇《在山堂詩》1971 年在香港出版，刪訂為兩卷，收錄 1949-1969 年的作品。自序云：「斯集自以為可者，惟能真而已。」其實「真」只是作品的基本條件，最好由讀者決定。我們看重的該是詩的藝術表現及感發力量。此外，想像情節與夸飾技巧亦不影響詩的真實。

勞天庇宗尚宋詩，以苦吟為主調，好用典故，講求精鍊，惟多病多愁，意境稍狹。1950 年初〈除夕存稿〉云：

積稿刪餘聊壓歲，壯心寧恨付詩篇。

生當喪亂殊輕老，獨抱幽憂只仰天。

吟苦望邀來者鑒，情深空惹故人憐。

鐙前一卷參量遍，可是遺山涵跡年。

作者壯志難伸，寫詩可能只是無奈的選擇。次聯自述飽經憂患，三聯寫出了吟苦情深的詩境。末聯以元好問（1190-1257）自擬。廖本良〈題辭〉云：

墨齋詩其高處每在境愈危而筆愈健，情愈苦而韻愈響，真莫測其所至。以此占之，其人必壽，其詩必傳。

廖氏以憂患說詩。又傅子餘（1914-1997）云：

苦雨青鐙一卷開。宛陵遺調簡齋才。

偶然說偈思寧礙，即此興懷妙已賅。

真意每從言外見，好詩多自病中來。

卅年心力看拋盡，試折秋花點茗杯。

宛陵即梅堯臣（1002-1060），簡齋即陳與義（1090-1138），藉以指出勞天庇專學宋詩。其他「說偈」、「病中」、「茗杯」等則分別點綴生活的苦味。

彈片與斷骨

勞天庇三十二歲寫詩，但生活流離，體弱多病，少年英氣，消磨殆盡。七古〈憶昔〉充滿自傳的性質，蕭索寡歡，刻劃入神。

> 墨齋先生如有失。意多世短長怫鬱。自燔芝蘭以出馨，吟詩每似秋蟲唧。竭來抱關念前游，夜少睡眠晝兀兀。便欲埋頭向經史，卷不能終心目窒。出門惘惘欲詣誰，可與言者多離別。乾坤浩蕩挂眼邊，中路彷徨焉安發。憶昔囊金快逃秦，醉倒香江千場月。頗謂我才必有用，心輕萬事等粃屑。誰知一病困三年，玉石難恃貞剛質。金盡獨抱殘骸歸，歸囊忍載斷餘骨。年來淹滯飽憂虞，資用苦多生苦拙。意氣蕭索如衰翁，日日悲風櫛華髮。每念深算與高籌，百已虛拋不遂一。去無所去住亦難，嗟我無乃禪中蝨。

首段摹寫怫鬱恨惘之情，眠讀難安，朋友星散。次段逃秦指避難來港，注云：「辛巳（1941）香港陷日時，余為砲彈片射入胸內。住醫院二年餘，截除肋骨兩支，彈片仍不能取出。該斷骨存櫝中。」彈片使他的健康蒙上陰影，憂患早衰，不敢作任何打算。1956年立冬日，彈片由創口復出，如釋重荷，乃欣然記詩。

> 膏肓九割病依然。忍死哀生十五年。
> 為疾拋殘慈母淚，延醫費盡阿兄錢。
> 襟殢境困疑無望，劫換災離又一天。
> 今日此才終不棄，願修白業補前愆。

末句「白業」即善業，佛家語。「前愆」即過錯。

舉觴向月

勞天庇與黃文寬（1910-1989）交情甚厚。1952年〈北望懷人詩十首〉，其六黃剛齋。

矯矯居南子亦頑。寬柔不報道如山。

寄心常在周秦際，隨俗應宜醒睡間。

樂古尋幽真遠忌，臨湘弔賈有餘閒。

懷人句就書將去，日盼長天一雁還。

首聯寫黃文寬剛柔兼濟。次聯注云：「剛子近客湘沅，訪掘周秦古墓。來書有剛日在半醒半睡間語。」三聯寫處世之道及志業懷抱。末聯表現交情。1955年有〈哀剛齋繫獄〉及〈喜剛齋釋獄〉二詩，寫出朋友關切之情。1972年，穗港暌隔，二人更相約舉觴向月。勞天庇〈剛齋在中秋前日書來約云：「月夕子時，我當南嚮，舉觴誦願人長久；爾亦銜杯北望，共千里嬋娟。」墨齋如命，並報以詩〉云：

尺素風前字字香。關河不阻雁飛翔。

蘇詞朗誦君南嚮，杜酒頻斟我北望。

千里嬋娟今夕共，兩家心事此番償。

陰晴圓缺尋常見，但願伊人耐久長。

詩中「望」叶平聲。黃文寬詩中亦多與勞天庇唱和，其〈四懷詩和簡齋墨齋于太平山〉四首，簡齋即梁簡能。其三良夜寄懷，情辭綺麗。黃文寬詩寫出晚唐杜牧（803-852）、李商隱（813-858）的豔質，更為動人。

好天良夜靜無聲。悄對梨渦乍目成。

並臂未嫌霜露重，窺人轉怯月華生。

錦囊有煒貽彤管，繡被焚香詠碧城。

入夢樊南傷遠別，重標紅豆賦閒情。

詩畫通幽

勞天庇畫竹詠竹，瘦硬通神，意境幽寂。〈題自畫竹〉四首，其一風竹寫出高格。

啼霜怨露兩無端。去既難時住亦難。

淒絕西風殘照裏，有人翠袖不勝寒。

〈山居雜詩〉詩畫通幽。其一云：

風滿樓臺鳩亂呼。當牖山似米家圖。

片雲頭上饒涼意，一雨成秋病骨蘇。

其六云：

幽居隨處有詩情。澹月濛濛照二更。

人定微聞風度竹，一簾涼露坐秋聲。

「牖」即窗也，「米家」指米芾（1051-1107）；「人定」指中夜亥時。二詩仙凡之間，幽淡入骨。〈截句〉四首則在平淡的生活中寫出忘機境界。

詩人要瘦不須肥。但飽休嫌蕨與薇。

耐得清貧殊有味，能堪寂寞自忘機。（其一）

客有招邀久不至，書曾爛熟卻常開。

午雞破寂數聲鬧，嬾犬依然眠綠苔。（其二）

時時靜坐頗躊慮，續續題詩與散憂。

看樹看山能一日，載眠載食過中秋。（其三）

不設燭鐙延月色，故開窗牖納泉聲。

山樓一枕西風薄，心事中年感慨平。（其四）

其一薇蕨有豐富的象徵意義，通於道心。其二用午雞叫出幽寂境界。其三題詩散憂，躊棄俗慮。其四平復中年的感慨，更奇。〈偶述〉二首剛抵香港，其二云：

紅樹三秋茗一壺。餘生詩料不憂無。
要為天地留私蓄，卻借江湖養病軀。
減藥加餐真計策，汲泉灌草亦工夫。
悠然得句先生倦，窗報斜陽睡始蘇。

固執自賞

　　勞天庇《在山堂詩續》1981 年在香港出版，復訂為兩卷，收錄 1971-1980 年的作品。此集生活優悠，健康亦佳，少見哀苦之調，而酬酢亦多了。墨齋詩愛用典故，晚年變本加厲，固執自賞，而詩境更趨枯寂。例如〈自題六十五歲小像兼跋在山堂詩續〉二首，其一云：

　　一往情深桓子野，十年薄倖杜湖州。

　　拖泥帶水人空老，路滑今憐困石頭。

　　桓溫（312-373）有「木猶如此，人何以堪」之歎；而杜牧則有「十年一覺揚州夢，贏得青樓薄倖名」之慨。「拖泥帶水」，以禪語喻詩；「路滑」象徵詩境困頓。大抵二詩其一述情，其二說癡，堆砌典故，可是掩飾才盡之故？又〈客有謂予近詩多應酬之作，賦此解嘲〉云：

　　未能免俗常隨喜，豈必有為方命篇。

　　飲水本來知冷暖，廣詩聊復記因緣。

　　黃唐在獨高難偶，禮樂無乖野亦賢。

　　三百至今存伐木，教人益慕古周旋。

　　「黃唐」出司空圖（837-908）《二十四詩品》，指黃帝和唐堯，喻高古境界；〈伐木〉乃《詩經》篇名，有求友之意。又〈剛齋書來諍予謂於詩無多作苦語，擬句答之〉。

　　讀書要破十千卷，下筆須期五百年。

　　休作腐儒嗟寨窶，別開新境棄蹄筌。

　　君陳高義相規某，僕媿中腸一仰天。

　　卅載自歌勞者事，不無苦語落吟箋。

　　首二聯故作大言，而末聯則未能自圓其說。

《懷任齋詩詞》

　　蔣禮鴻（1916-1995），字雲從，浙江嘉興人。之江文理學院國文系畢業。杭州大學教授。精研訓詁學，也是舉世聞名的敦煌學家。著有《商君書錐指》、《敦煌變文字義通釋》、《義府續貂》、《懷任齋文集》、《蔣禮鴻語言文字學論叢》等。蔣禮鴻嘗從夏承燾（1900-1986）學詞，雖不多作，卻頗為精鍊。1993年有打印本《懷任齋詩詞》107首。先生嘗與任善銘（1913-1967）合著《古漢語通論》，任卒後以「懷任」為齋名。最近杭州大學出版《蔣禮鴻教授紀念論文集》，封面頁題《書魂》，末附盛靜霞（1917-2006）選注《懷任齋詩詞精選》十首。〈水龍吟〉「白沙紅豆樹中秋夕」云：

> 芳園一片清柔，仙兮秋靜無人管。乍蘇薄病，教攜素手，回廊巡遍。銀浦流雲，繁枝釀馥，夜涼微暖。有好風約住，笑聲牆外，凝情聽，行來緩。　借得水心亭子，從驚鴻、玉闌干畔。凌波並影，月魂呼出，盈盈婉婉。私語卿卿，今宵倘被，廣寒濃怨。倩輕回寶靨，和霞頹雪，正瑤華滿。

　　詞中「頹」音悔，洗也。此詞乃1943年訂婚後作。白沙鎮在重慶西，當時作者在白沙女中授課，校中有兩株紅豆樹。詞中「秋靜」「和霞」句是有意嵌入「靜霞」之名。上片寫中秋夜靜美溫柔的氣氛；「約」字精妙，寧神凝止，烘託佳人的笑聲。下片以月色映襯佳人的倩影，更引出廣寒宮的怨思。

靈修解識儂心苦

蔣禮鴻以訓詁鳴世，《懷任齋詩詞》餘力為文，清切動人，情韻濃郁，意象精美。〈鵲踏枝〉「和圭璋丈韻」兩首：

> 玉枕淒淒期夢遇。何處笙歌，吹到星河曙。背地有人工軟語。情知薄媚還齎怒。　不怨翻雲兼覆雨。但使靈修、解識儂心苦。作繭繰絲甘九煮。織成錦綬長圍汝。
>
> 歎盡千芳紅日暮。錦瑟橫床，總是傷心處。不信舊弦彈盡誤。通辭一响渾無路。　慘月闌干憑幾度。點點斑斑、淚眼凝鉛露。待得君心如月吐。玉階怕已無乾土。

1939 年，唐圭璋（1901-1990）任教於重慶中央大學。二詞暗啞悲呼，怨抑無端。其一上片夢中懷人，軟語即詞。「薄媚」句婉約中蘊含怒火。下片寓時局變化，「靈修」喻君國。「繰」音早，抽也；「九煮」千錘百鍊；「錦綬」則為絲質帶子，生世相隨。其二春盡花飛，通辭無路。下片慘月表現淒美絕望的世界，淚灑玉階，空剩傷心。蔣禮鴻的律詩也很精鍊，〈去白下口號〉：

> 飄如一葉出宮渠。進退吾生尚有餘。
>
> 野鶴自安三尺脛，亂書猶累兩頭驢。
>
> 偶然桑下曾留宿，何用修門更曳裾。
>
> 頗覺嵇康無遠度，至今人誦絕交書。

此詩寫於 1948 年，白下即南京，當時蔣禮鴻被中央大學解聘。前四句從容屈伸，表現出毫不在乎。頸聯三宿桑下，難免有情，但也不必苟延於貴遊之門了。末聯不學嵇康（223-263）狂放和憤懣，顯出包容，更顯出器度。

神仙眷屬凝翠軒

灣仔凝翠軒畫廊已經結業了，對於藝壇來說，難免是很大的損失；但對於畫廊主人葉玉超（1927-2015）、唐璧珍伉儷來說，卻是難得的超凡境界。兒子成才，了無拘牽。從此大江南北，閒雲野鶴，神仙眷屬，詩畫娛情。1993年葉玉超〈珠婚感賦〉云：

結縭海外永相依。別有情懷在晚暉。

翰墨賞心繩一氣，兒曹豐羽任高飛。

噓寒當惜人生暖，退老偏多俗事違。

三十年來甘苦共，銷磨霜鬢兩忘機。

一首詩除了抒發個人的懷抱之外，最好還有積極的教育意味，感化世道人心。九十年代大家都強調個人品味，懷疑婚姻的社會效應。葉玉超這首詩無疑是很好的示例，用一些最平凡、最生活化的語言，描寫動人的伉儷情誼。

唐璧珍精擅山水花鳥，葉玉超固為之題詩；去年（1993）葉玉超還陪太太出席中華炎黃女子詩書畫家聯誼中心成立大會，有詩賦賀：

金閨藝事仰名家。萍聚南天動八遐。

婉見清才高詠絮，端書小字妙簪花。

剪裁紅紫開春境，點染雲山散綺霞。

望重玉臺三絕並，流風百代吐芬華。

葉玉超繫畫詩

1986 年，《唐璧珍女史畫選》第一輯出版。唐璧珍精擅牡丹秋菊，富豔嫻雅；而山水魚鳥亦色澤鮮妍，帶有一股流動的氣韻。鄭春霆（1906-1990）撰序，嘗稱其「賦色清幽，脫略凡格」，可見推許之高了。此外，每一張畫都有夫婿葉玉超的題詩，相得益彰，曲盡畫境之妙，倍添象外之趣。〈題牡丹〉二首云：

沈香亭北畫樓東。魏紫姚黃醉晚風。

國色從知聲價重，當年眷寵擅唐宮。（其一）

幾枝紅豔絕風華。綠葉輕扶乍吐葩。

未用檀心矜富貴，天香願入雅人家。（其二）

其一重見，亦題〈牡丹〉，同作於 1985 年春日，僅次句改作「紫膩紅嬌醉晚風」，可見葉玉超對這首詩的偏愛了。末句其實也是詩人的心聲，顯然是借花擬人。其二首二句掩映花姿，末二句始露作意，不肯與俗浮沈。

又〈題山水扇面〉寫廝守偕隱。

閒聽溪聲入枕幽。林泉歲月自優悠。

晚年廝守鎔真趣，寄隱何須范蠡舟。

〈松樹扇面〉則自抒個性，都是以詩代言的。

龍姿鶴骨氣流肪。積雪凌霜歲月長。

蓊鬱空山青不改，枝虯頑石勢高張。

詩情畫意玲瓏影

《詩情畫意玲瓏影》稿本一冊，陳復禮（1916-2018）攝影，葉玉超賦詩，其中部分作品由名家在照片上寫畫，例如趙少昂、關山月、陳大羽、程十髮、邵宇、范曾、何海霞、韓美林、李苦禪、黃冑、亞明、黃永玉、張步、李可染、趙樸初、黎雄才等。合成一帙，共得 148 幅。1991 年，福建海潮攝影藝術出版社印成《影畫詩書合璧》月曆，選取健羽凝思、傲枝、竹海、武夷鳴鹿、煙寺晚鐘、風荷、駝行、黃山雲影、紫藤、松鶴圖、達摩觀雲圖、嬉雪等十二幅，其中四幅未見入集，或屬後補之作。將古典詩畫和現代攝影結合起來，煙水迷離，疑真疑幻，獨闢蹊徑，更添迷人的藝術魅力。〈傲枝〉原是畫角上的一株紅梅，襯上了遠山雲氣，老樹婆娑，也就富於層次變化了。詩云：

疊疊峰巒接碧穹。雲濤萬里瀉長空。

遠山練掛千行白，老樹梅添一色紅。

傲骨清癯憐瘦影，暗香淡蕩動寒風。

懸知今夜羅浮夢，月落空林紙帳中。

首聯遠空攝景，牢籠天地。次聯著色鮮豔，氣韻酣暢。三聯富於動感，梅花的精魄躍躍欲出了。末聯寄托夢境，倍見依依之情。

《凝翠軒詩稿》

　　葉玉超詩稿一冊，只是將一些零碎的詩篇手稿影印輯成，似未著意甄錄。葉玉超詩天生麗質，富豔精工，纏綿往復，淒然欲絕。加以詩才敏捷，賦情細膩，顧曲指畫，風流獨覽，可以說是一代才士了。集中佳作如林，隨意揮灑，不必著力，出語自工。例如〈春暉〉已經出離城市生活，可能有些癡想，不過在紅杏塢中試馬，卻是令人豔羨。

　　融融麗景煦芳辰。草長平堤柳色新。

　　眼底暄妍紅杏塢，郊原試馬挹輕塵。

　　〈詠水〉開頭兩句寫周圍的山光，只是閒閒的襯托，但第三句「裙拖」一揮，大筆如椽，就把水色的一縷柔情渲染起來了。

　　鷗濤鷺浪白蘋洲。波鏡無塵曉霧收。

　　六幅裙拖江上色，東流一例去悠悠。

　　〈書中乾蝶〉兩首，詠物之作，自寓托意。其一「舞倦徒縈金粉夢，身枯仍著綺羅衣。」執意不悔，留戀春華。其二枯蝶有情，此心難寄。

　　花香畢竟遜書香。深悔三春意態狂。

　　物化莊周迷夢境，情鍾謝逸詠詩章。

　　身枯怎續雙飛願，魂斷難迴九曲腸。

　　寂寞芸窗廿伍蠹，從今不再為春忙。

沙田金粉

　　葉玉超《凝翠軒詩稿》善於描摹物色，香江麗景，觸目紛繁，出之以彩筆，倍貽驚豔之感。使我們在熟悉的繁華的城市背後，領略一番出塵之美。例如沙田幾首就很出色，情景圓融，恰到好處，金粉紛披，都成倩影。當時沙田尚未建成新市鎮，自然比較秀氣。〈望夫山石〉借題發揮，表現傷離的情緒。

　　千古貞心化石留。為誰憔悴立山頭。

　　望夫負子情何切，恨到傷離淚未收。

　　吐露港中歸棹杳，瀝源村外暮雲浮。

　　愁腸曲比清溪水，長向車公廟後流。

　　〈獅山蹬道〉首聯氣勢不凡，三聯飄飄欲仙。

　　目電聲雷白澤奇。吼時掉尾見雄姿。

　　山稱獅子名何妒，徑曲羊腸步較遲。

　　雲氣深將雙屐染，晚風勁向短衣吹。

　　望窮天外峰前立，心繫家園有所思。

　　〈瀝源紅雨〉的日子跟我們距離很遠了，現在大概只有山上龍華酒店一帶還有些印象。

　　遊絲繫處品奇葩。小憩沙田認酒家。

　　古樹繽紛花作雨，斜陽掩映水流霞。

　　紅添滿店春生色，綠綴成茵草已芽。

　　遙向道風山上望，暮雲四合亂歸鴉。

落花風神

葉玉超〈攤破浣溪沙〉二十首，專詠落花。他從不同的角度刻劃落花的風神色相，壟斷豔光，消融春心，或托事，或詠歌，無分物我，不留痕跡，自然也跟詞人的生命合而為一了。其中尤以第二、八、九、十二各首最為傑出，花氣氤氳，淒婉欲絕。其二寫落花不甘媚俗，託意靈根，表現高貴的氣質。

了卻塵緣自在身。非甘媚俗吐餘芬。蝶夢漸沈風雨後，落紛紛。　漢殿香銷鈴枉繫，楚臺雲散袂初分。待化浮萍隨水去，託靈根。

其八春殘風老，劫無可避；但作者一往情癡，衣染苔痕，落英繽紛，表現動人的情愛。

翠館紅亭遍雨聲。泥污溷墮劫終成。老卻鶯聲風裏送，動心旌。　許向高樓看錯落，更誰一語解溫情。衣染苔痕因坐久，數殘英。

這批作品大抵都是無中生有，全憑想像。詞人的工作就是怎樣把握題旨，著意經營。一瓣落花就是一番生命，必須結合古典的傳說，美化身世，塑造出一顆高潔的心靈，盡其在我。甚至深深印上自我的影子，始稱作手。

《詩文會》

　　老烈編著的《詩文會》一書由嶺南美術出版社出版，將京劇藝術與當代名家的詩、書、畫、印結合為一書，同臺演出，表現精彩。

　　《詩文會》共收三十四個劇目，由大票友老烈撰述劇中的情節、意趣、唱工、演技以至該劇的源流發展、藝員表現等，原原本本，通透玲瓏。配合精采的圖畫印色，相得益彰。

　　此外，老烈又在《京劇海笛》一文介紹京劇的唱做念打、臉譜觀美、龍袍鳳冠、鑼鼓管絃四項，探驪得珠，深悟京劇神緒。例如：「京劇是國之戲曲瑰寶，京劇服裝更是寶中之寶。沒有這麼美的服裝，哪有那麼美的表演。穿著牛仔褲來演《拾玉鐲》，實為糟蹋民族文化。唯有龍袍鳳冠，才是京劇藝術。」又介紹鑼鼓管絃的神妙精華之後，「舍此而不顧，數典忘祖，唯洋是崇，加個電子琴，『瞎指揮』，不倫不類，非驢非馬，古今中外四不像，噪雜刺耳，不忍卒聽。改革云乎哉？胡鬧而已矣！」京劇藝術夾於傳統與現實之間，有日趨沒落的威脅，黃宗江（1921-2010）跋云：「一傳二改，不傳何改，不改難傳也。」其實傳統詩詞也碰到類似的困境，發人深省。

京劇的詩意

　　京劇藝術富於詩意。京劇的舞臺調度超脫時空，孫悟空一跳十萬八千里，薛平貴人去人來十八年，都發生在一個短暫見方的舞臺上。京劇的虛擬手法情景交融，《三岔口》兩人摸黑對打，《拾玉鐲》穿針引線刺繡花鞋，都是無中生有，虛中見實。此外京劇的臉譜服飾富於典型意義，忠奸分明；鑼鼓管絃渲染冷熱氣氛，情緒鮮明。至於教忠教孝，批判現實，揭露貪污，寄意戲外，都有積極的象徵意義。

　　老烈《詩文會》解釋劇情多是借題發揮，指桑罵槐。李汝倫（1930-2010）〈大鬧天宮〉云：

滾紅霓金光萬道。噴紫霧瑞氣千條。寶殿靈霄。一頂頂金簪紗帽。一溜溜玉帶橫腰。一排排持銑擁麾。一色的酒囊飯袋膿包。擁一位玉皇大帝當朝。智商缺少。二目昏眊。不分丙寅丁卯。不辨燕雀鷹鵰。妄把猴王說作妖。大英雄去守馬槽。拋了紫袍。嚼了蟠桃。一箍棒天宮碎了。一抖身落滿地牢騷。

　　此詩句句叶韻。先寫天宮瑞氣，繼寫天上的膿包，玉皇大帝古今都有，諷刺無孔不入。最後美猴王打碎天宮，抖落一身牢騷，擺落色相空華，大快人心。

趙子龍與包青天

　　李汝倫最愛京劇。老烈《詩文會》將京劇藝術的舞臺移在一本書上，書中收劇目三十四個，分別請名家撰文、賦詩、繪畫、題字、篆刻等共同刻劃一個劇目，印刷華麗。詩的部分即幾乎都由李汝倫執筆，其他由張作斌（1924-2014）所作的只有兩首，可見李汝倫真是一個標準的戲迷。《紫玉簫集》也有〈題辰生畫京劇四首〉，分別以帶過曲詠空城計、長坂坡、鬧天宮、打殺漁家四目，其後又有打焦贊一曲。例如長坂坡前段以長歌寫趙雲威風八面一身是膽的功架，末段則以劉禪為大英雄潑冷水，襯托出色。

　　只可惜小阿斗好夢方酣。好將軍功勞不理不看。辜負了糜娘姨縱身向井泉。趙子龍那場生死戰。司馬軍前投降漢。領一頂安樂冠。

　　李汝倫又有〈包公戲戲詠四首〉，分寫探陰山、秦香蓮、赤桑鎮、打龍袍四個故事。他並不認同包青天的青官形象，指桑罵槐，諷刺深刻。

　　太后登臺紗帽危。青天腰軟更低眉。
　　香蓮淚落鍘刀息，公主輕攜駙馬回。
　　梨園妙計打龍袍。聖體無須化腫膏。
　　如此這般包相國，鼓鑼響賴棍兒敲。

　　包青天在太后及皇帝面前裝模作樣，不敢冒犯天威，腰軟眉低，怎見得能為小市民討回公道？李汝倫又有〈看李和曾演李陵碑並贈〉七古一首，末云：「一聲『我兒』高八度，氣遏黃雲沖昊穹。高派傳人新高度，勿作最後之高峰。」描寫高音也很出色。

《雲在盦詩稿》

　　沈秋雄（1941-　），字伯時，臺灣師範大學國文系教授，
著《詩學十論》、《雲在盦詩稿》等。沈秋雄詩專寫七絕，以意
趣自然為尚，不事雕琢，氣韻飄逸。又沈詩內容稍嫌單薄，不
擅寫時代社會風雲變幻的主題；他只是專注於師友交誼、書畫
賞鑑、山水風光以至平淡閒適的生命觸覺之中，在紛繁的詩壇
裏湧出了一股清流。

　　《雲在盦詩稿》出版於 1992 年，得詩三百多首。詩稿是按
年編排的。其中 1984 年以前只得十五首，1984 至 1990 年約佔
三分之一，其餘大部份的詩都寫於 1991 年。當年或有結集的
打算，也就特別用功了。詩集序跋很多，計有有黃錦鋐（1922-
2012）、江兆申（1925-1996）、尤信雄（1938-　）三序，另有劉太
希（1899-1989）、汪中、羅尚等題辭，龔鵬程跋等，琳瑯滿目。
他們都是當今臺北學界、藝苑、詩壇的大家，序跋多寫交誼及
對沈詩的評價，知人論學，倍感親切。汪中題辭四首，其一云：

憶事懷人珠玉篇。交游歷歷記流連。

韓江大德江南夢，柳絮飛花到酒邊。

其四云：

詞筆要能盡性靈。興來傾盡鴨頭春。

竹林耆舊山河邈，歇腳風流孰與倫。

　　汪師其一跋稱「記同客三韓，韓江儒城，高柳垂楊，皆可
念耳」，專記交誼。其四論詩以性靈為尚，其下三句皆入性靈
之事；「鴨頭春」指酒；竹林七賢表現魏晉風流，固堪追慕。而
「歇腳」指臺靜農，則是當代的藝術高峰，似有偷得浮生之意，
詩情鬱勃。

落花巖上夕陽遲

　　沈秋雄《雲在盦詩稿》後記稱「跡滿三韓，臨漢濱以濯足」，蓋紀實也。1978 年秋，先有〈旅韓雜詩並序〉八首，分寫秋風嶺、民俗村、青雲山莊、百花亭、顯忠祠、天馬塚、鮑石亭、俗離山八景。1984 年講學忠南大學，嘗有詩記學生所演假面之舞，末附考證，或出北齊代面舞「寫蘭陵王元長恭戴假面入戰陳指揮擊刺之狀」，而韓國學生則用來諷刺當道。注云：

　　其舞觀者圍地而坐。舞者十許人，或一人出場，或二三人不等，輪番更替。舞者皆著古裝，戴面具。舞時迴旋跳擲，奮袖低昂，悉中節度。餘人擊節，有和聲。聞諸此邦友人，古昔高麗上層階級有文、武兩班，頗作威福，百姓內懷憤懣，而莫可如何，故作假面之舞以攄其不平，舞者刺譏之意皆在兩班也。

　　其後 1987、1990 年等亦有韓國之行，山川人物，異采紛呈。其〈甲子秋與鶴來、妙仙等忠南諸生重遊扶餘古都率賦並柬天成、雨盦二師二首〉云：

　　殷勤訪古到扶餘。可是虯髯開國初。

　　智積斷碑殘字在，猶存剛樸六朝書。（其一）

　　白馬江寒樹影稀。落花巖上夕陽遲。

　　歸來躑躅岡頭路，絕憶他年參乘時。（其二）

　　扶餘乃百濟古城。其一聯想唐初的虯髯客；其二落花巖寫百濟亡國時後宮佳麗三千人一起跳入白馬江殉國的場面，意象淒美。末句指當年曾陪侍黃錦鋐、汪中二師同遊。

一輪明鏡絕塵埃

沈秋雄嘗從江兆申學畫，其〈北國晚秋寄懷茉原師〉二首，深致景仰之情。其二云：

老佛焚經事未奇。多情自古重離披。

愁來驅遣臨唐楷，尚想靈漚侍硯時。

注稱「師往年作客北美，為雪所困，嘗有愁來老佛欲焚經之句」，多情乃一切藝術的根源，驅愁寫字，易得奇境。靈漚乃江兆申館名，退休後遷居埔里。沈秋雄〈與井星仉儷訪埔里靈漚新館〉二首云：

畫水買山違郭郛。分明門外即西湖。

中開黛色通幽徑，駢植垂楊白與蘇。（其一）

群山萬壑邐迤來。入眼冰壺漲綠醅。

暑氣已銷秋日薄，階前留照小徘徊。（其二）

埔里在日月潭附近，景色優美，故以西湖擬之；西湖有白堤及蘇堤，垂楊景中有意，暗喻成就。又〈茉原師致事將移居埔里靈漚新館〉云：

堅竹虯松次第栽。一輪明鏡絕塵埃。

風翻殘帙幽眠起，杖履翛然獨往來。

此詩寫出畫人飄逸高雅的本質，不染俗塵。剔透玲瓏，令人愛不釋手。至於同門贈畫，則有〈在川繪雲在龕圖見貽〉云：

一片幽蒼到眼前。師門揖別又霜天。

架山圍水栽桑竹，更遣閒雲入屋椽。

又〈新得溥心畬先生鬼怒川畫卷束瀨戶口律子教授東京〉因畫寄情，並由畫中東京的鬼怒川溫泉而想及日本友人，情韻複雜。

王孫行腳接瀛天。妙境新知鬼怒川。

百里春風江戶路，花鬤柳眼太纏綿。

匈奴恐有未歸人

沈秋雄《雲在盦詩稿》以性靈為尚，詩意濃郁。〈辛未重陽後三日夢中過馬鳴村故居〉二首深於鄉情，詩云：

隴畝相依廿幾春。鐵砧山月夢中親。

如今四海棲遲客，曾是馬鳴村裏人。（其一）

滿目菜花阡陌改，老屋數椽夷作田。

三徑陶公詎有宅，半規新月不成圓。（其二）

注稱「舊居在台中縣外埔鄉馬鳴村，右前方有鐵砧山，小時常往山中刈草」；又稱「往時所居老屋已夷作田地，開滿菜花矣」。其一寓飄泊之恨。其二「三徑」指陶淵明尚有田園可歸，而自己連老屋都沒有了；「半規」寫將圓之月，似亦暗示家園破碎，若有遺憾之感。

沈秋雄旅遊大陸，紀詩亦多，計有〈燕遊雜詠〉六首、〈蜀遊雜詩〉六首、〈秦中雜詠〉四首等，這批詩帶有史論的意味，見解深刻。例如〈定陵〉云：

張相抄家四海窮。黃金耗盡作地宮。

玉門神獸成何補，龍體一般生腐蟲。

此詩充滿辛辣的諷刺，前三句蓄勢，末句波濤萬疊，發人深省。惟第二句「黃金耗盡作地宮」，「地」字平仄犯律。〈秦兵馬俑〉云：

長平坑趙想嬴秦。千載霜顏尚怨瞋。

眾裏憑君仔細認，匈奴恐有未歸人。

此詩包含兩層意蘊，前兩句批評秦軍殘暴；後兩句則疑兵俑中相貌特異者為匈奴等外族，從而點化「可憐無定河邊骨」的詩意，寫出戰爭的災難，連匈奴的閨人亦難倖免。

師友塑像

沈秋雄《雲在盦詩稿》善於為師友塑像，筆酣意滿，點染風神，有點像寫人物畫似的，當是大可開發的領域。〈乙丑春日寄呈龍坡靜者〉二首云：

靜者龍坡尚歇腳，化成多士座生風。

剩將奇逸兼慷慨，盡付長鋒馳騁中。（其一）

巍然一老即之溫。豪興猶堪舉十樽。

野水憑他溪澗滿，北窗高臥不開門。（其二）

二詩為臺靜農塑像。其一寫臺公的書法奇逸慷慨，壯心不已；其二寫臺公晚年仍能豪飲，末聯標出高逸的氣格，形象鮮明。又〈贈登鑫兄〉二首云：

擔囊就學眼前橫。彈指卅年心暗驚。

猶有如花美眷在，憑君莫道老先生。（其一）

古貌古心多異聞。風流人物數黎君。

幾時攜手天山去，踏破岡頭處處雲。（其二）

黎登鑫是台中師範學校的同學，當年以扁擔挑行李坐火車入學；近年蓄起鬍子，被人稱為老先生。二詩形象傳神。又〈贈史在東教授〉云：

釋典翱翔不計秋。短歌聲壯足風流。

幾回攜手花前立，腸斷秦家白玉鉤。

史在東教授乃韓國人，耽於內典，每酒酣作歌，故末句及之。又〈贈成周鐸教授〉云：

雄師百萬鳥猿驚。指點荒丘勘古城。

百濟新羅皆逝水，憑君辛苦話輸贏。

成周鐸教授專治百濟史，曾於大田山區勘得百濟古城，譽為當年抵抗新羅的第一道防線。沈秋雄韓國友人極多，造形別開新面。

《沚齋詩詞鈔》

　　陳永正，1941 年 12 月生。筆名止水、沚齋、志豆等。茂名人。中山大學古文獻研究所研究員，廣東省書法家協會主席，廣東中華詩詞學會副會長。1995 年來港展覽書法，1997年 4 月 7-19 日又來港出席中大的書法藝術研討會。著《沚齋詩詞鈔》等。陳集版本有二，皆由花城出版社出版。一為合集本，陳氏自選詩詞 200 首，分體編排，與張建白（采庵，1904-1991）、莫仲予（1915-　　）、劉逸生（1917-2001）、徐續（1921-　　）等合編《嶺南五家詩詞鈔》。一為專集，《沚齋詩詞鈔》200 首保持原選面貌，僅換詞一闋。《沚齋詩鈔外》補錄舊稿，加入新作，得 284 首。《沚齋詞鈔外》錄詞 133 闋。《零卉集》七絕100 首。合共七百餘首。書前有莫仲予序、施蟄存（1905-2003）評、程千帆（1913-2000）書、吳孟復（1919-1995）及徐續題辭；末有佟紹弼（1911-1969）、黃海章（1897-1989）、孔凡章（1914-1999）、傅子餘（1914-1998）跋，友人題贈則錄劉峻（1930-1995）、王鈞明、周錫馥（1940-　　）、劉斯奮（1944-　　）四首。陳永正的詩詞多寫於六、七十年代，詩才早熟，然亦早盡，綵筆輕拋，殊為可惜。

五律拗體

　　陳永正《沚齋詩詞鈔》擅寫五律，特多拗體。有些拗而能
救的，例如「天下一時定，是非安足論」、「刻骨只一語，君休
江上行」、「華年警一髮，風雨厄餘春」、「終愁晦西極，不敢問
東光」等，可以不算。有些故意犯禁，以古句入律體，例如「吾
廬乏美致，一笑能春妍」、「我行山外路，欲訪雲中君」、「幽人
阻風雨，高燭昏風窗」，專用犯忌的下三平句，這是有意衝破
傳統格律的樊籬嗎？有時多句用拗，〈羅浮村宿曉作〉云：「松
波警宵夢，板屋蕩如艫。石氣白千壑，羅山青一窗。搖搖星在
壘，的的焰留釭。四百峰全赤，朝陽勢始龐。」第一、三句皆
用拗救，末四句語言生新，從雨夜到日出，掃除霧障，旭日通
紅。又〈落葉〉其三：「一葉復一葉，秋風無乃痴。得之爾何益，
寸意吾獨知。自許滿人世，由來非此時。杜陵懷抱好，猶有故
園詩。」首句全仄，下句「無」字救；頷聯平仄錯亂；第五句
孤平，下句「非」字救；似寓無盡抑鬱之意，借題發揮。

一笑海天寬

　　陳永正的五律意象迷離，時露鋒芒，例如「花露垂垂重，風簾故故開」、「山色遠搖夢，水花時度香」、「流紅秋在水，遲月夜低臺」，即景生情，詩心細密，彷彿唐音。惟議論世情，著意鍊字，例如「應俗聊開戶，端居不避喧」、「平生輸骨鯁，小臥變朝昏」、「清句綴蛛網，好風支倦身」，暗寓哲理，表現學養，則有宋調的味道。至於情意纏綿，感慨浮生，例如「此行須得意，一笑海天寬」、「卻來尋夢地，原是自由身」、「無限時空浪，微茫一海沙」，得之於性情之厚，掃除色相，意蘊空明。〈晨菊〉當寓象徵意義。

　　誰令有情見，今朝寒更新。

　　自榮無奈色，深慰暫醒人。

　　上國十年事，一花何限春。

　　滿林葉凋處，風住得微聞。

　　詩作於 1974 年。詩題「晨菊」寄託情志。前四句無端哀怨，相顧唏噓。第五、七句用拗救句法，表現詩人抑鬱吞吐之情。末四句議論盛衰，從風靜中傳來嚴冬的訊息。

武陵千劫

陳永正的七律哀感頑艷，情辭酸苦。早期有意仿效李商隱及西崑詩，將愛情和時代的悲劇鉤連一起，疑真疑幻。〈五月十六日感賦〉云：

> 武陵小住成千劫，爭似天臺此夜長。
> 一夢違心紅作雨，相思徹骨土留香。
> 年年壟上懷初日，往往閨中誤曉妝。
> 忍見明星落無數，春灘十里化為霜。

〈別意〉云：

> 別意萋萋欲盡芟。無端草色入城南。
> 每追前事嗟何及，相囑高情念豈堪。
> 書讀未完過夜半，憂排不去誤春三。
> 朝來獨向黃沙渡，會見珠江水色藍。

前者由愛情的失落暗寓理想的幻滅，一夜霜灘；後者由草色萋萋聯想到珠江的水藍，以俟河清。八十年代心情平復，稍忘悲樂。「便欲與公衝雨去，只愁兩個一身泥」，從容自得，漸臻渾成。而〈番禺蓮花山中秋待月〉云：

> 蓮花一塔矗江沱。日夕微雲與蕩摩。地迥可堪容大月，情深真欲蹈金波。山川鬱鬱芒須吐，空色冥冥影自挪。夢濕鮫人百年淚，虎門南望壯心多。

地迥情深，金波大月，吐芒挪影，壯心猶在，百年鮫夢，更愈趨明朗了。

十萬光年飛度

　　陳永正早歲從朱庸齋（1920-1983）學詞，兒女柔情，稍嫌坐實。例如「雙頰暈紅輕，月入人懷，還為我、雪梨親削」、「花陰誰記，憑肩語悄，貼鬢香溫」等，紅塵色相，未入天人之域。〈一枝春〉富於情節描寫，略帶元曲格調。

　　迓月東生，漸黃昏、曲院流輝如雨。風前悄灑，濕了那人眉宇。溫春在抱，問一縷、細香何處。還又恐、波泛深情，故故枕肩私語。　相思怨多休訴。怕碧簾窺影，對門人妒。幽房坐久，忽地催人歸去。推言夜冷，定知憶、阿娘吩咐。還待索、纖手同行，澀羞未與。

　　〈念奴嬌〉詠光子火箭，摹寫蒼茫，題材新穎，哲理深刻。

　　飛船奔電，指碧虛無岸，排雲誰馭。倏忽諸天都似墨，掠盡千星不語。法界高寒，宙光絢爛，奇景誰看取。彌天騰焰，擊窗星隕如雨。　縱許留駐韶華，人間千劫，誰認歸來路。無限星雲生復滅，十萬光年飛度。漠漠時空，綿綿生命，誰與齊終古。銀河內外，會當開拓新宇。

詩情如水

　　陳永正的詩詞題材狹隘，議論較多，以哀吟為主調，容易自陷絕境。而新詩集《詩情如水》專寫「死亡和醜惡」的意象母題（區洪序），在慘淡的六、七十年代，更難覓思想出路；他在末詩〈中年〉注稱「一九七六年六月集舊句成是詩，自此韜筆不作」，其實當時他連詩詞也停寫了。大抵他已陷入一個才盡的絕境，難以翻出新意。其實這也是每一個詩人的困惑和挑戰。愛情的題材不可能十載常青，時代的困局把人趕入思想的死胡同中。只有解脫自我，才能再次上路。

　　陳永正《詩情如水》分為三輯：失去的名字、淚和花、疑懼的空虛。他似乎深受李金髮（1900-1976）的象徵世界所影響，他要在新詩中苦心經營出一個廢墟般的墓地，結果把自己也埋在裏面。〈低語〉說：「落葉堆裏污穢的回憶」「天空和地上扭曲的影子」「符號／沒有有內容　也沒有意義」，他的詩很多時就是一連串夢囈般的語言，咀咒時代，組成可怕的回憶。

《磚玉集》

　　《磚玉集》創刊於 1992 年 3 月，現已出版五輯。這是香港僅見的綜合性藝術刊物。該刊由陳樹衡（1948-2019）、王銳勳、杜錦添、倪素玲主編。志同道合，以藝會友，作品磚玉雜陳，相互砥礪琢磨。其實該刊亦發表了很多當代的名家大作，引介藝苑英華；編有萬國藝專、蕭楷輝教授專輯，專訪饒宗頤、張永華等，兼重評論，亦具學術水平。拋磚引玉，未可等閒視之。

　　《磚玉集》分設綜合創作、詩輯、散文小說、評論、書法、畫作、篆刻等欄，相互配合，熔為一爐，具有恢宏的藝術氣派和豐富的想像力。陳樹衡說：「藝術，是透過不同的中介媒素，而進行創作和欣賞的。透過文字，有詩、文、小說；透過音符，有彈奏、歌唱；透過刀筆彩墨，有書、畫、篆刻、雕塑等。我們是從藝術的原始意念出發，而不管是透過甚麼中介媒素，都希望廣為容納。其始者純一，其末者萬殊。」而編者更希望在雜誌萬殊之象中顯現純一，追求雅趣，鼓勵創作。甚至結合不同藝種，同臺演出，打破藝術的疆界，拓寬美學空間。可惜經費所限，目前只能不定期出版。

《秋涵吟草》

　　陳樹衡精工詩、書、印，配合有致，筆墨酣暢，氣勢雄渾，注重整體結構。《秋涵吟草》尤工歌行古體，散見於《磚玉集》各輯。

　　秋涵古調多憤世之言，其〈春歸漫興〉組曲序云：「觀乎此地百五十年來，人心怪誕，漸弭食毛踐土（指蒙受君恩）之羞；世態離奇，彰明逐臭嗜鮑之旨。衣衽無干乎左右，倫常雜取諸東西。非古疑今，忽中亦外。烏合而暫投一林，弓驚即紛作千慮。堪憐升斗小民，憂喜乎吾土以懷歸；所謂精萃英傑，彷徨乎他邦而計蹈。今世詎世，厥人何人哉？龍眼老人遂曉以讀書悟道，尚友古人。」刻劃港人心態，借題發揮；並以汪中教授之言曉喻眾生，指示精神出路。

　　《春歸漫興》寫於 1991 年，包括五古一首、七絕八首。七絕結合歷史與詩情，專寫雨盦師的生平及漫遊北京、安慶、陽朔的情懷。其五云：「山水有情俗累羈。兩遊陽朔竟無詩。日前忽捧神來筆，灑倒漓江滌夢奇。」將山水融入書法。其八云：「太息將軍馬伏波。踏江豪客趾軒過。十三年後重臨地，銅臭腥污染碧羅。」寫桂林的污染，無限憤慨。

　　《春歸漫興》五古摹寫汪中教授的書法及詩藝，重塑魏晉羲皇之境，顯出泱泱氣度。

　　　　忽覺奇光動，豐姿驟眼盈。雪堆緣紙素，輝生烏彩靈。如坐米家船，江天暮雲平。又逢舊王孫，散步御中庭。從容承一脈，真骨沈秋明。登橅華山碣，摩崖石門經。

　　首節專寫雨盦師在北京觀米芾苕溪詩翰真蹟；又與啟功（1912-2005）同遊故宮，觀賞國寶；以形象的詩語概括了雨盦

師的書學淵源。

　　蒼茫思北漢，山寂鳥不驚。襟揮塵網累，冰霜千萬程。援筆浮大白，交疏結綺櫳。孤吟聊獨飲，顧影月娉婷。流觴曲水杳，鮑謝自相傾。江左餘風緒，坡老海棠情。來兮思五柳，歸去數菊英。勞止乃小休，無雨也無晴。南山即大度，靖節共春醒。

　　中間「蒼茫」四句撮述北遊所感過渡詩意，拂拭塵累。「援筆」以後轉入輕快的節奏，渲染雨盦師的詩情，江左的飄逸，靖節的閒適，相得益彰。末以雨盦師移居臺中東海大學，隱居大度山作結，遠離市囂，點出題意。勞生小休，無雨無晴，可能也有自喻成分。

中年爭奈旅情孤

　　詩人的生平可能比平常人更平凡，不一定有甚麼美麗的傳說和動人的故事，才能寫出彩筆。詩人最重要的是錦心秀口，能感平常人之所未感，洞識天機，形諸筆墨，見諸形象。陳樹衡詞才情豔發，遭遇抑鬱，繁華過眼，香江蟄居。其〈浣溪沙〉二十首寫盡中年況味，載《磚玉集》第三輯，頗得悟境。其一云：

　　已覺人間歲月長。敢云居易是長安。人生快意少年狂。　風細日斜人佇立，偶從簷雀話行藏。西風吹夢過江干。

　　上片多少生活牢愁，惟有少年快意可成追憶。下片一切平淡，心境閒適。其三云：

　　來聽江湖澎湃聲。掠波雙燕盡逢迎。天心民意本難明。　多少東山攜妓客，何曾揮涕為蒼生。綠陽風暖坐春城。

　　此首寫香江即景，人心擾攘；詞中反映很多醜惡的嘴臉，讀者大可自行代入想像，不勞詮釋，自有會心微笑。其十六云：

　　已拚魂夢落江湖。中年爭奈旅情孤。詩情能破睡工夫。　嘗遍人間真意味，始知此外更無書。詩餘小技況詞餘。

　　讀遍了人生大書，心中無書，何來罣礙？

異鄉人的臺北

日前在臺中遇到寧夏詩人雲丹索南‧安奇（1971-　），他的妻子是臺北人，但他似乎並不適應臺北的生活。他送給我的詩稿，例如〈井觀臺北〉、〈異鄉人的臺北〉四章、〈詩看臺灣〉七章等，似乎都表現出惶惑的感覺。後記云：

> 我總算明白了一個最簡單的道理，它來自我傷痛的心中：從那些醉酒的山地人，到年華如花的白曉燕，無一不讓我走投無路！到哪裏去尋找一份自我的與世界的安寧？一切都是幻覺，我一無所有，連期待都成了死亡！我還看甚麼？還有甚麼話可以說、可以想？一切都是問號，一切無法解答。我只有走路，而且不用回頭！

臺北的五光十色令人暈眩；而異鄉人更有一道難以跨越的鴻溝。安奇詩云：

> 城市或鄉村　都無法互動/
> 因為可觸摸的靈魂與肉體/
> 包裹在堅固的鐵殼之中/
> 挑戰理想的生存方式之後/
> 急速逃遁而去/
> 有幾個亮點出現在眼中/
> 然後　誤以為得到永生的機遇/

詩情哀苦，無法互動，眼中的亮點急速逃遁，看來詩人只能札根在恬靜的寧夏。

寧夏詩人流落臺北街頭，從黃土黃河藍天白雲的故鄉來到了一個熙攘往來車水馬龍的世界，如果不能安於紙醉金迷的繁華閃光，他內心會有甚麼的想法呢？很多人走馬看花的從臺北

的紅塵穿過，不帶走一片雲彩，也算開開眼界；但詩人要記錄內心掙扎的痕跡，難免會是痛苦的鱗爪了。安奇常想將寧夏和臺北連起來。〈井觀臺北〉云：

> 群樓成為群山／
>
> 卻不能眺望遠方／
>
> 欲望孤獨　生命幻化／
>
> 低壓的雲層　深陷的大地／
>
> 荒涼之間充滿繁華／

詩中充滿情緒化的表徵，安奇的「井觀」代表荒原般的心境，他背負著異鄉人沈重的文化包袱，怯生生地窺視節奏加速的新世界，而自己則是不斷退守。〈異鄉人的臺北〉四節，其三云：

> 朔風中天空湛藍的散步／
>
> 山巒散亂時間的夢想／
>
> 都市的匆忙撕碎我昨夜的期望／
>
> 飛行成為現實的魔幻／

詩人分寫內心蒼白、黑暗、顫怖及淹沒的感覺，狠狠地掏出了淌血的心，感情激越。

朱雁瑜詩

朱雁瑜現居美國，1992年修讀過我的《新詩》課。在作業中，她表現出敏銳的詩才。最近她又寄來了兩首新詩。〈季候鳥〉云：

我走了／

千山萬水／

不是為嘗那詩樣鄉愁／

我原是不知故鄉的／

我走了／

也不是為貪慕那乾瘠的漁場／

或逐那蕭蕭的水居／

我只是／

被善變的季候風追逐的／

一隻惶恐的季候鳥／

這首詩意象準確，音節流麗。作者如實地寫出了移民的心聲。第一段我走了寫香港人原是沒有鄉愁的；第二段我走了也不是貪慕異鄉的漁場和水居；第三段我只是像季候鳥和季候風無盡的追逐，表現出惶恐的漂泊。三段合起來悲呼悽愴，富於震撼力。

1992年的習作，朱雁瑜寫過〈死在輪下的女子〉：

巨輪向我滾來／

擠我沸紅的血／

與痛／

無法呼吸／

我碎烈的心肌仍震顫／

想起母親乾癟了的乳房／

和孩子索食的嘴／

不能合上／

淚糊的雙眼惶恐地呼喊／

那正被踩得不能呼叫的嘴巴／

用巨輪象徵生活的壓力，單一的意象，稍嫌著意。而三年後她的詩已涵渾多了。

1994 年聖誕節，朱雁瑜寫了一首〈握〉。

走進命運，生命與感情的狹道／

無盡的擁擠、迫壓與計量／

沈默是掌心與掌心的對話／

來不及細訴那十指的匆匆／

只緣投懷後／

你我是容易散失的／

執子之手，握象徵了兩個生命的結合。但是當兩隻手慢慢分開的時候，握不住的，應該就是現代人的疏離感。投懷換來激情的冷漠，思想走入了狹道。對於人，對於物，現代的心靈總是不那麼執著。其實，1992 年朱雁瑜也寫過一首〈握〉，詩云：

你伸掌微笑迎我／

我頓釋胸中的五嶽大川／

你卻猛然搓我成快要窒息的扁球／

並笑道相逢是／

一朵未開的菡萏／

等待暑天的溫度／

在命運與愛情的平交路上／

空氣搖晃得太厲害了／

當白蓮終於綻蕊而出／

翻成蒼白的五瓣時／

仍感到／

一陣陣的暈眩／

與氤氳的汗濕／

　　這是一首很有意蘊的情詩，上半段熱烈佻皮。下半段綻蕊則由高潮而至暈眩，短句的變化漸成低調，節奏控制得宜。未開的菡萏與蒼白的五瓣對比強烈，意象渾成。

詩選課業

任何藝術都得講天分,詩詞之道亦然。後天的努力固然重要,如果沒有天分,即使投入更大的努力也是枉然。詩人老師不擔保一定能調教出詩人,很多偉大的詩人不見得都有名師指點。有些人不斷呼籲香港社會要培養文學家,中國政府有責任培養諾貝爾作家,說來真是美麗的誤會。修讀詩選課,教師只能提供學生基礎的知識,營造氣氛,鑑賞作品,體會寫作技巧。下面是 1995 年度的學生作品,頗具潛質,以後發展得看個人的努力和興趣了。

胡詩萍〈詠天壇大佛〉寫出嫻雅莊嚴的佛相,描畫細緻,境界詳和。詩云:

日照牟尼面,毫光遍大千。

兜羅成佛手,卍字印胸前。

慧業傳彌勒,慈航結善緣。

八風吹不動,端坐紫金蓮。

王萍芝〈水仙〉詩心細密,表現幽雅。詩云:

娟娟湘洛水中仙。翠羽纖柔舞袖翻。

夜靜月寒姑射藐,冰心雪貌暗香傳。

鄺美玲〈神戶地震〉語言流暢,稍嫌意淺。

日本神戶遇天劫,關西人民帶愁犨。地搖山動只一瞬,屋歪土烈起飄塵。財命損失不勝數,餘震未停惡夢頻。卅萬黎民失家園,五千百姓作故人。家家戶戶心悲慟,誠心祭祀禮靈神。冀盼上蒼息怒憤,憐惜天下憫萬民。

詞課習作

　　學生上詞選課，如果不規定要交功課，一般都不願寫，亦不敢寫。後來指定要他們填詞，雖說初試啼聲，結果也寫出了幾首佳作。黃煥儀〈浪淘沙〉「水晶」云：

> 麗質本天成。似水盈盈。晨暉夕照賦流形。萬彩光芒同幻夢，耀眼明星。　歲月見鋒稜。兀傲崢嶸。千錘百煉注深情。許或堅貞無感應，我自驕矜。

　　此詞物我一體，上闋刻劃水晶的質性體態，光芒奪目。下闋經過歲月的錘煉和人工的琢磨，同時更注入了堅貞和深情，而水晶「完成」了。末句「我」字提升生命的境界，顧盼生輝。黃秀蘭〈臨江仙〉云：

> 姮娥遙看人間世。誰家怨笛淒淒。疾風寒霧不思歸。問星無語，湖畔舞楊低。　昨夜夢魂君探訪，長橋細雨煙迷。愴然往復把燈提。御風而逝，蹤影杳山蹊。

　　此詞氣氛詭秘，如煙如幻。上闋星月含愁，怨笛淒淒，表現一片孤獨寂寞的心境。下片寫來去無蹤，夢界迷茫，自然也帶出一縷刻骨銘心的幽情了。莫麗平〈蝶戀花〉「乙亥年中秋夜讀蘇軾〈水調歌頭〉有感」云：

> 夜半階前秋寂靜。仙嶺懸蟾，點點平湖映。月缺月圓綿古互。世情聚散憑誰證。　葉落花殘風已冷。春夢無痕，繾綣芳林景。孤雁征飛天色暝。倚闌低唱東坡令。

　　此詞上闋摹寫八仙嶺及吐露港的中秋月色，點染多姿；下闋讀詞懷遠，相對魂銷。

百步必有芳草

　　在一般人眼中，香港學生語文水平欠佳，可能更談不上寫詩填詞的玩意兒。然而事實上卻不如此，每年的詩詞比賽都有出色的學生冒出來，在大學裏也有很多文筆清暢的學生。例如在詞課習作中，有些人控制不了格律和語言，有些則寫出了佳作。大抵寫作跟個人的興趣學養和自覺努力有關，訓練可以引發學生的潛力，卻未必保證培養出良好的語文根柢。傅碧玉〈浣溪沙〉「丙子中秋」云：

　　春日何曾映玉樓。危欄獨倚枉凝眸。柳絲無力繫行
　　舟。　千載寒江波邈邈，百年明月意悠悠。一番煙雨一
　　番秋。

　　上片三句表出無奈的感覺，現實種種不盡如人意；下片由寒江明月顯出徹悟的境界。情韻悠揚，耐人遐想。又〈浪淘沙〉分詠四時的景色，同時也帶出生活的品味。

　　輕騎賞春花。凝綠枝枒。閑來湖畔品清茶。遍覓良方消溽
　　暑，浮李沈瓜。　秋暮送丹霞。映目蒹葭。蕭蕭老樹立寒
　　鴉。對雪賦詩宜酒後，好趁韶華。

佳人何處倚朱楹

在每次的詩詞習作之後，我會將學生的作品打印出來，由他們評定名次，統計整體的評分。而學生也可以由公佈的結果中比較老師的評分、整體的評分以及個人的審美眼光。謝媛瑜〈浪淘沙〉是整體評分的冠軍。

明月倚邊城。一瀉如傾。畫堂亭閣宛如冰。雲斷玉輝光掩映，簾捲風清。　獨自望幽庭。風送蘭馨。佳人何處倚朱楹。愁飲千杯琴不絕，借問誰聽。

謝詞由月冷風清，帶出征人望鄉之情，幽姿逸韻，摹寫出一片荒幻的境界，不似人世。可是「愁飲千杯」句過於誇張，稍欠自然。何意娥〈蝶戀花〉則為季軍作品：

夕照殘留天欲暮。秋水催寒，葉落飄零路。獨看雁行飛似故。晚霞紅染峰無數。　誰可留得春且住。情意幽幽，思緒凝愁霧。莫待梅開花墜樹。春來踏雪芳蹤誤。

何詞豔逸清麗，語言流暢；然而上片摹寫秋景，下片則為惜春之情，似不協調。或下片屬回憶情節，勸人珍重時光。

狹路相逢

　　詞最宜於抒發兒女柔情，一點春心，自然流露，更容易喚起共鳴。何嘉蕊寫夢景「路上離情衣上淚，人去無蹤」；李嘩寫釣魚臺「怒目橫眉投筆起，拍碎妝臺」，又秋思懷人「夜永挑燈成短曲，滿紙塗鴉」；蘇寶萍寫相思之情：「枕冷襟寒難入夢，夜夜相同」；羅廣炎的佳人「眼生花意語生春」；嚴志恆的傷時「灑向人間都是怨，一世蹉跎」等，佳句琳瑯，幾乎都是脫口而出，不假修飾。蓋世鳳〈浪淘沙〉寫地鐵中緣聚緣散，充滿青春的動感。

　　窗外影匆匆。印象朦朧。晨暉淡淡霧凝空。情感不知何處住，無影無蹤。　擠在人潮中。才未溝通。眼前背影已重重。靠站人潮穿插際，狹路相逢。

　　徐笑珍〈蝶戀花〉「送別」意境迷離，輕倩流美。

　　簾外垂楊雙乳燕。長是呢喃，欲近還飛遠。小睡醒來風片片。沈沈寂寞誰能見。　幾點淚珠融墨硯。寫得春心，難寫流紅怨。月入小樓花似霰。迷離卻是行人面。

最是斷腸時

　　學生挑戰慢詞，意象繁複，結構嚴密，難度更高，結果成績亦佳。劉潔瑩〈水調歌頭〉「秋怨」是全班公選的冠軍，實至名歸。

　　寒笛意淒切，落木更依依。斷雲凝暮，愁懷難卻有誰知。斜日孤帆漸遠，悵望層樓獨倚，最是斷腸時。萬里盼歸雁，幾度夕陽遲。　黃花瘦，風盈袖，弄疏枝。離情難寄，紅葉千片盡相思。玉樹歌殘秋冷，誰念西樓病客，枉付半生癡。寂寞空餘恨，黯黯淚沾衣。

　　劉詞怨抑淒斷，情韻動人。上片遠望，用落木、斷雲塑造凝重的空間，「最是斷腸時」一句似不著力，卻有萬種風情。末句鉤勒，帶出盼歸的主題，「幾度夕陽遲」改動一字，意境深遠，更不見有襲用古人的痕跡。下片急風驟雨，寫出深怨，可是節制允當；結尾情語濃郁，帶出悠然不盡的感覺。

　　其他佳句亦多，姜家俊「心知南北處，同月照無眠」，何嘉雯「苦無眠，撥琴弦，憐獨枕」等，望月興愁，少年多感。

大帽山訪蘭

　　小令以情韻勝，容易衝口而出；慢詞著重佈局和設色，就要考驗耐力和才情了。有些佳作讀來毫不費力，但作者在營造的過程中，必然付出了很多時間和心血。作品受人激賞，固然感到開心；但在學習過程中，寫不好的也不必氣餒，只要識得分辨正誤優劣，也就具有方向感了。徐笑珍〈滿庭芳〉「大帽山訪蘭」乃同學自選的亞軍作品：

> 山映霞紅，霧凝峰翠，小流曲徑縈迴。清光如洗，晨露滴人衣。縱目舒懷自樂，垂柳外、鳥逐雲飛。苔青處、幽蘭楚楚，新放兩三枝。　　幾回。春去也、空餘寂寞，幽意誰知。漫有情應誤，堪笑黃鸝。未解東風老矣，蒼崖上、猶待題詩。徘徊久、閒尋短夢，無語送斜暉。

　　徐詞上片寫景自然，首先著意營造清新寧靜的環境，然後才引出「幽蘭楚楚，新放兩三枝」，不多不少，出人意表。下片缺乏明確的主題，隨意拼湊，例如蒼崖題詩，顯得俗氣；「春去」、「斜暉」，則為濫調。但整體清暢，亦為佳作。

談笑語低低

　　學生的作品有些不必改，有些並不好改，因為他們的意念有時不容易理解。如果我們先將格律錯誤或意義有問題的語句劃出來，由他們自行修改，往往效果更好。李曄〈水調歌頭〉云：

> 寒蝶妖嬈舞，舞影繞桃枝。玉蘭翠柳翻遍，忽爾撲薔薇。
> 初霽波晴水暖，相約尋紅探粉，莫使墮春泥。倦了相偎
> 倚，談笑語低低。　春窗底，愁畫永，枉縈絲。可憐眉黛
> 長斂，脈脈向斜暉。夜半涼風冷月，吹醒一簾幽夢，此際
> 最難支。幾許園深處，寂寞委芳菲。

　　上片末句原作「悵詠六么詞」，跟明媚的春光顯然有隔；「談笑語低低」就改得不露痕跡了。下片幽豔婉約，「此際最難支」一句，神味最厚。何嘉蕊〈臨江仙〉音調流暢，自然工麗，可惜上下段意犯重複，要改作不如另作一闋了。

> 風物淒淒煙雨泣，長堤離別生悲。佳人花下淚雙垂。路長
> 信杳，千里念君時。　西風月夜梧桐冷，可憐愁鬢雙眉。
> 鳳幃寂寞有誰知。畫簾獨倚，腸斷兩相思。

鯉門潮汐

　　1966 年，碩果社元宵雅集，楊舜文（1919-2019）倡為本地風光詩。所謂景得詩而增妍，詩因景而廣播。於是選定八景，彙集眾製，一時佳作如林，亦足以反映當年的社會俗尚，江山增色，傳之彌遠。事載潘新安《草堂詩緣》，而詩則多見於《碩果社》第九集。八景蓋指鯉門潮汐、石澳濤聲、石排酒舫、龍翔晚眺、青山禪磬、林村飛瀑、鳳凰旭日、塔門釣石。潘小磐（1914-2001）〈鯉門潮汐〉云：

何年巨斧斫鼇腰。一線天開滾怒潮。

過此汪洋鯨跋浪，隱然門戶鯉來朝。

峰頭草密藏雄壘，塔角燈明護去橈。

還愛古祠回望處，千帆影裏夕陽嬌。

何鏡宇（?-1979）詩云：

鷗脫遺哀感附庸。水流西向豈朝宗。

門如可躍終非鯉，城已無存莫問龍。

大海狂潮常漲落，斷崖野草久蒙茸。

明珠一顆東方炫，否慮當時太露鋒。

　　鯉魚門是出入維多利亞港的必經水道。潘小磐詩起聯甚具氣勢，中間四句實景，鯨、鯉可以象徵商船。何鏡宇詩有濃厚的興亡之感，不願西向朝宗仰人鼻息。但明珠本無光澤，而非露鋒。

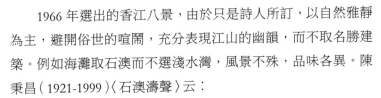

石澳濤聲

　　1966 年選出的香江八景，由於只是詩人所訂，以自然雅靜為主，避開俗世的喧鬧，充分表現江山的幽韻，而不取名勝建築。例如海灘取石澳而不選淺水灣，風景不殊，品味各異。陳秉昌（1921-1999）〈石澳濤聲〉云：

潮來激石浪飛花。日落灘頭散綺霞。

澎湃聲中淘未盡，千秋人物與蟲沙。

潘小磐云：

山勢東南一臂撐。驪珠探得石崢嶸。

崖邊館舍煙波住，海底黿鼉晝夜鳴。

心版頻敲如有拍，耳根漸熟轉無聲。

灣頭處處堪消夏，何似驅車石澳行。

　　陳秉昌詩先寫景，浪花綺霞，一節一拍；跟著心潮澎湃，由濤聲以通人事，千秋人物也就不值一哂了。全詩充滿動感，同時也寫出了永恆的自然美。潘小磐詩前四句精於鋪敘，寫山勢，寫石灘，寫海潮，都很傑出，而崖邊的煙波館舍也就成了仙境。頸聯融景入情，人與自然合一，心版有拍，耳根無聲，寫出了幽意。末聯以拙筆作結，石澳之美無所不在，自是消夏勝地。潘小磐老而彌健，遍游香港山川，吟詠甚多。希望郊野公園甄錄他的作品，美化環境。

石排酒舫

　　石排灣原在香港仔，過去靠海鮮馳名。後來填海造陸，現在已成了石排灣村，酒舫得向外漂移了。石排灣面向鴨脷洲，山光海色，煙波浩渺，自然是臨流飲宴的勝地了。詩可以把我們帶回六十年代，穿過了香港仔的時光隧道，陌生中又有若干的親切感。潘小磐〈石排酒舫〉云：

分明畫裏小瀛洲。翠繞珠圍水上樓。

港口帆隨山遠近，欄邊燈與月沈浮。

石排村改尋難著，番舶人來醉始休。

炰鼈灼蝦風味別，千金一席傲王侯。

何叔惠（1919-2012）云：

豈異松江鱠，鄉思二十年。

人羈塵瘴外，秋在晚涼天。

一舸明燈火，千家散管弦。

相逢各醒醉，休問杖頭錢。

　　潘小磐以彩筆點染江山，即成畫境，前四句一揮而就，全不著意，自然是他的傑作。後半寫實，照顧題意，表現穩當。何叔惠詩音調流暢，中間四句全出想像，十分灑脫；冒起的鄉思只有點綴作用，珍惜偶來的快意。他如張方（1900/6-1978）的「四面雲山名士筆，一船燈月美人簫。」意境之美，似不屬現實的人間世界。

龍翔晚眺

　　我們在龍翔道開車，遠眺海港景色，秀麗迷人；可惜迷於城市的紅塵綠靄中，一駛而過，很難停下腳步。我們最好就像遊客一樣，乘坐旅遊巴士，專程為觀景而來。觀景最要緊的是專注投入，心無旁騖。潘新安〈龍翔晚眺〉云：

鯉門東望馬灣西。一海如湖綠繞隄。

大道蜿蜒秋月偃，連山迴互暮雲低。

眼前車過輕於隼，腳下燈浮豔似霓。

為問蒼龍睛點後，人間何處託高樓。

楊舜文云：

顧盼東南第一城。鯉魚吹浪夜珠明。

峰回北角路千轉，霧鎖西環海驟平。

入地龍蛇終起蟄，成仙雞犬也爭名。

停車獨立蒼茫裏，鐵鳥低飛海月生。

　　這兩首詩難分軒輊。潘新安詩前四句遠近照應，映入黃昏月出的海色。頸聯繁華過眼，人間輕豔。末聯發議論，或有感於城市發展，淨土難求。楊舜文詩遠望香港，由東而西，掃瞄而過。太平山下龍蛇混雜，雞犬爭名。詩人獨立蒼茫，思潮起伏。末句富於象徵意義，而「海月」也湧出了新的希望。

青山禪磬

何叔惠〈青山禪磬〉云：

梵宇隨緣住，溪山照眼明。

松杉千樹矗，鐘磬一聲清。

浮海來何處，拈花覺有情。

欲尋支遁隱，回首已三生。

盧楚斌（1921-2007）云：

何處傳來古寺鐘。昔年杯渡隱青峰。

山門靜對七層塔，幽徑斜依百尺松。

欲息勞生近靈境，且隨清磬遠塵蹤。

高僧一去無由問，惟有禪聲制毒龍。

　　這兩首詩都犖括了青山寺的歷史和勝境，對南北朝劉宋
時代的杯渡禪師更懷有特別的深情。名山因高僧而傳，冷冷清
磬，自然也是感化世道人心的暮鼓晨鐘了。青山寺大約是1918
年落成的，劉景堂《心影詞》有〈鷓鴣天〉「青山寺落成，乙真
住持約往隨喜，先賦此闋」云：

　　一舸春風渡翠瀾。白雲盡日鎖禪關。個中自有真如相，金
　　碧莊嚴欲見難。　花寂寂，水潺潺。落花流水有無間。君
　　今來訂青山約，準備浮生半日閒。

　　劉景堂大約是坐船去的，起拍兩句翩翩欲仙。下片直寫禪
境，不一定要到山門才能悟得，空靈通透，意趣橫生。

林村飛瀑

林村瀑布長達 20 公尺，瀑布分三層，各有佳勝。林村瀑布在大埔山中，是香港最長的瀑布，今年（1994）雨水特多，瀑布當更具氣勢。大家尋幽探勝，千萬不要錯過機會。吳肇鍾（1896-1976）〈林村飛瀑〉云：

一瀉蒼茫萬古愁。夕陽留影下山陬。
明珠墮水行無跡，白馬奔崖氣愈遒。
大地聲聞開法曲，寸心消息坐靈湫。
如今臥對清詩夢，恍惚虛舟海上浮。

楊舜文云：

參差阡陌跨南圍。林錦陰濃宿鳥飛。
倒瀉銀河生浪布，傾翻玉匣濺珠璣。
鏡湖依舊分清影，濁客何勞問是非。
況屬暮春寒漸減，解衣枕石學忘機。

吳肇鍾詩結構奇崛，詩法嚴密。起聯橫空而出，氣勢凌厲，歸途上萬感蒼茫，沿水傾瀉而下。頷聯明珠、白馬形容水勢，跳躍變化，形象活現。頸聯寫水聲，噪靜皆宜，而寸心若定，物我無間。末聯寫枕邊清夢，拂之不去，虛舟海上，蒼莽同歸。詩人與瀑布形神合一，寫出了永恆的境界，自是傑作。楊舜文詩也很嚴謹精緻，然而就是少了一些靈氣和神韻。

鳳凰旭日

　　鳳凰山高 934 公尺，是大嶼山最高峰，山上有觀日臺，自然也吸引了不少的遊客。潘小磐〈鳳凰旭日〉云：

雲端疑有鳳來儀。拄杖登峰老尚支。

崒嵂巔崖蟠怒海，蒼茫天水待初曦。

雄雞乍唱東方白，梵唄遙傳下界遲。

一自昂平開勝境，神光沃漾寶蓮枝。

潘新安云：

篝燈扶杖夜攀峰。待旦何辭露意濃。

天水初分光一線，雲霞旋泛彩千重。

靈禽儻有高枝寄，大嶼寧無碧海容。

杲杲紅輪開曙色，下山還聽寶蓮鐘。

　　二詩作意相似，都寫登峰待旦，海上日出，最後則回到寶蓮寺，親炙佛光。二詩同以頷聯最工，摹寫海色，各造勝境。其他陳祖曦（1914-1998）詩「山中彩鳳雙飛去，海上金烏萬轉磨」，寫日出極具動感，有似音樂晚會，激光四射。又關殊鈔詩「望中遠海分明暗，腳下浮雲換瘦肥」，善用通感手法，語言新穎，連腳下浮雲也踹出肥瘦來，感覺奇特。陳秉昌詩「又見人間朝氣滿，當陽風物鬱蒼蒼」，則寫觀日後的快意，身心舒暢。

塔門釣石

塔門洲在西貢外海，瀕臨浩瀚的大鵬灣。塔門島上有天后廟、呂字疊石、塔門洞、龍頸筋等名勝，而海產則以鮮鮑魚及帶子馳名，遊人甚眾。關殊鈔〈塔門釣石〉云：

不成墟里屋橫斜。怪石為門護淺沙。
一洞幽深通海外，千帆荏苒向天涯。
紅塵車馬荒洲絕，白髮江湖故國賒。
半日放閒垂釣去，此心寧計得魚蝦。

潘新安云：

吐露灣前曉氣新。浪花疊疊石磷磷。
輕雲似水迎頭撥，亂島如棋信手陳。
村小夙聞風土樸，地偏彌覺鷺鷗親。
誰能會得清閑意，一棹隨潮理釣緡。

陳秉昌云：

青螺如髻半浮沈。遙控鵬灣水一襟。
堪笑漁翁留片石，風波險處伏機心。

關殊鈔詩先寫海濱近景，淺灘墟里。次寫塔門洞，遠通外海。在一個孤絕的海島上，詩人隔斷了時空世界，紅塵白髮，自是神來之筆，頸聯使整首詩的感情顯出深度。潘新安詩臨空摹景，拿捏山川，清新簡樸，親切感人。陳秉昌詩寫出了秀色，鎮壓一切人間的惡念。

香港續八景詩

1966年，碩果雅集新訂香港八景之後，吟詠甚多。而潘新安等意猶未足，乃倡為續八景詩，增列旗山夕照、望夫山石、船灣煙澨、屏山塔影、吉慶古圍、獅山磴道、分流漁浦、瀝源紅雨，亦以自然取勝。當時作者有何小孟（1915-1973）、盧楚斌、陳伯祺（1902-1993）、張方、陳祖曦、葉玉超（1927-2015）、高澤浦（1911- ）、潘友泉（1913- ）、潘小磐、關殊鈔等，共十五人。一月完卷，佳章逾百，漪歟盛矣！事載潘新安《草堂詩緣》。潘小磐〈旗山夕照〉云：

> 最是人間重晚晴。海風吹起管弦聲。
> 歸鴉影外旗初卸，落葉崖邊炬乍明。
> 不夜由來盛歌舞，當年誰記閱刀兵。
> 斜陽烘出黃金島，但願餘生樂太平。

關殊鈔云：

> 維城諸嶺此峰高。八表蒼茫接遠濤。
> 風緊日斜旗影亂，鳥歸人散谷聲號。
> 前灣燈火初迷惘，下界笙歌半慢慆。
> 太息百年興廢事，登臨吾意更蕭騷。

潘小磐詩起聯富於想像力，沸沸揚揚，因而開出下面六句的繁華世界。扯旗山即太平山，寓意甚佳。關殊鈔詩以寫景為主，牢愁稍多。

船灣煙渚

　　船灣淡水湖位於八仙嶺下，原跟大埔海連成一氣，後來順著周圍的灣勢，在大尾篤與白沙頭洲之間建了一道長堤，將灣裏的海水抽乾，灌進淡水，也就成了香港的第二大水庫。船灣青山綠水，一片浩瀚；長堤上還可以騎單車，放風箏，長堤外則是海上活動中心，風帆電艇，劃破波心；遠眺中文大學和烏溪沙，山光明媚，掩映風濤。加上附近深藏不露的新娘潭，高瀑幽谷，溪樹蜿蜒，這是香港最自然秀氣的郊野公園，披上一面薄薄的輕紗，只有詩人才能揭開他的美。余光中珍藏船灣，輕易不肯驅車帶友人驚豔一番，避免唐突佳人。羅門（韓仁存，1928-2017）訪港，那是一個例外，〈堤上行〉寫於1984年4月，長堤化成了鹹淡的詩句，聯結了友誼和鄉情，湖光海色，風煙淡蕩。

> 一道白堤界分了水藍的世界/
> 裏面是淡水湖，外面是海/
> 淡的是香港四月的雨水/
> 鹹的是中國悠悠的海波/
> 襯著遠去的渡船/
> 為你照一張堤上的立姿/
> 帶回島上給蓉子/
> 告訴她：右頰的湖光/
> 是三十年的友情淡而永/
> 左頰的海色/
> 是五千年的鄉情鹹而濃/

葉玉超〈船灣煙渚〉以豔筆寫湖光，不讓余光中〈堤上行〉

的濃情專美。

　　十里煙光壩上分。輕籠香霧薄疑雲。

　　山泉如瀉流難斷，風剪無聲皺有紋。

　　清影一灣休放棹，綠華六幅許拖裙。

　　澄心處世猶宜淡，願傍斯鄉避俗氛。

　　首聯壩上凌虛，忘情山水，詩人在香霧煙光中騰雲來去，仙意漸濃。次聯「山泉」、「風剪」，回首蒼茫，似有若無，百感無端，塵世悲歡，自然是有點欲斷難斷了。此聯既寫眼前實景，同時也具有深刻的象徵意義，表現豐滿。三聯發揮美學境界，休放棹也就不著人意安排，山水本身自是一片潑墨畫境。末聯以感覺作結，遙應首聯，「澄心」淡泊，強調仙凡之別，其實這也是詩人與常人之別。詩人欣賞山水之餘還能抉發山水之美，塑成永恆的畫面，甚至加添豔色，凸顯性靈。世間名山大川每因人而傳，否則還是一片枯寂的世界。

　　葉玉超、余光中的船灣詩固有新舊詩體之別，觀點、視角也有所不同；但他們都能把握一己的感受，印證現場氣氛，剪裁成一幅精緻的畫面，傳遞美的信息，不宜強分高下。

澳門鄭家大屋

澳門鄭家大屋是一座有逾百年歷史的清代府第，現在已經十分殘破了，但仍然有人居住。鄭家大屋在龍頭左巷 10 號，位於高樓街及媽閣街之街，屋後有龍頭井，俗稱阿婆井。鄭屋背倚主教山，俯瞰澳門內港，茫茫巨浸，隔岸即珠海灣仔，風光秀麗。正門二樓屋簷下有彩繪詩畫，油彩脫落，隱約中只能認出李白「雲想衣裳花想容」一詩。屋前圍牆高約二丈，現在還很牢固。

鄭屋是由鄭文瑞（1812-1893）興建的。鄭氏字啟華，香山縣雍陌鄉人。曾在香山及澳門設塾授徒，後以營商致富。鄭氏熱心社會公益，1871 年籌建鏡湖醫院，擔任值理之一；1876、 1877 年江南旱災及山西大旱，鄭氏父子奮力賑濟，其事蹟分別載入省誌及縣誌。1881 年，捐賑晉、豫、直等省災荒有功，山西巡撫曾國荃（1824-1890）題贈「崇德厚施」橫匾一塊，現仍高懸於鄭家大屋二道門「榮祿第」之中，光輝顯赫。鄭氏有九子一女，大屋亦分九宅，一家同住。大屋有多副對聯，入門院子左壁「留月」聯云：「駐馬客欣榕蔭古，步蟾人賞桂香濃。」上聯二字磨損，意境幽寂，稍嫌空泛。旁邊原有花園，現已改建為幾間民房了。據鄧景濱（1945-　）告知，花園門口尚有「祥光」一聯：「現陰陽而合德，借樓閣以撐天。」氣象宏偉；其中「德」字殘缺，只是我臆補上去的。惟此聯未見，尚待尋訪。鄭家大屋架構完具，值得遊澳者參觀。

通奉第

　　澳門鄭家大屋曾經出過一位名詩人鄭觀應；他更是近代著名的思想家及實業家，其《盛世危言》一書痛陳時弊，海內傳誦，連孫中山的革命事業也是深受其影響的。鄭觀應（1842-1921）字正翔，號陶齋，出生香山雍陌，鄭文瑞的第三子。十七歲科舉不第，赴上海學賈，經營船務，嘗任太古輪船公司總理。創辦津滬電報滬局、機器織布局、造紙局、船塢、輪船招商局、耕植畜牧公司、開平礦務粵局，建築碼頭、棧房等。晚年兼任漢陽鐵廠總辦，歷任廣州商會總會理事、廣東商辦粵漢鐵路有限公司總辦、上海輪船招商局董事等職。鄭氏晚年迷信仙道，卒於上海。著有《羅浮偫鶴山人詩草》三種及《救時揭要》、《易言》、《盛世危言後編》（1921）、《偫鶴山人晚年紀念詩》（1920）等。近有夏東元（1920- ）輯《鄭觀應集》、鄧景濱《鄭觀應詩選》等。

　　鄭家大屋的三宅是鄭觀應的住所，門前懸有牌匾「通奉第」，聯云：「前迎鏡海，後枕蓮峰」，氣派不凡。當年周圍都沒有高樓大廈，綠樹鳴蟲，海濤幽韻，風雲穿牖，自有出塵之想。鄰宅另有「日月光華」聯：「四壁山環水繞，一簾月影花香。」也很幽雅。據說三宅二樓室中尚保留鄭觀應及其夫人畫像，出關喬昌（1801-1860）手筆；其他對聯字畫亦多，例如李鴻章（1823-1901）聯「黎雲滿地不見月，松濤半山疑有風」等，琳瑯滿目。鄭家大屋現已列為受保護的文物建築，宜由政府斥資維修。

三面雲山一面樓

　　鄭家大屋在 1881 年落成，當時曾國荃還送來「崇德厚施」的橫匾，表彰慶賀。鄭觀應〈題澳門新居〉云：

群山環抱水朝宗。雲影波光滿目濃。

樓閣新營臨海鏡，記曾夢裏一相逢。（其一）

三面雲山一面樓。帆檣出沒繞青洲。

儂家正住蓮花地，倒瀉波光接斗牛。（其二）

　　第一首注云：「先榮祿公夢神人指一地曰：此處築居室最吉。後至龍頭井，適符夢中所見。因構新居。」案鄭氏〈先考榮祿大夫秀峰府君行狀〉稱其父晚年「益謙沖自矢，樂善不倦；尋築室澳門，娛情山水」，此樓乃鄭文瑞所建，詩注稱「先榮祿公」者，蓋後來補記。二詩雲影波光，神情愉悅。後來鄭觀應雖然商務繁忙，他還時常回來度假度歲的。而且澳門還成了他療養之地，創作之源。其〈口占留別粵漢鐵路公司董事〉序云：「丙午秋，公司成立集股過額，價亦飛漲。老喘復發，稟請粵督飭董事另舉賢才，承批勉留臥治，仍踐原約。固辭。」

功成身退吾何敢，踐約今當老病休。

大府愛才難臥治，秋風濠鏡放閒鷗。

　　詩作於 1906 年粵漢風潮之後，結語飄逸。五十年代我讀小學的時候，常常住在外祖父家中，即下環街 69 號。旁邊有一塊空地，野草叢生。現在空地仍然空置，只是加上了圍網。從空地往上看，剛好就是通奉第；這會不會就是原來鄭家花園的故址呢？

胡景石與歐祥光

　　澳門詩人甚多，惜多淹沒無聞。1956 年香港健社所編同人姓名地址錄，即有李振綱（星階，1868-1956）、鄭毅詒（宏漢學校校長，1868-1960）、繆君侶（1889-？）、歐祥光（長春閣藥店，1880-？）、胡景石（1898-1987）等。此外旅港清游會有李供林；春秋詩社有胡景石、蕭勁草；後三人李、胡、蕭同任職國際酒店帳房，或已結成小型的詩社，與香港詩壇互通聲氣。

　　《健社詩鈔》第三集載錄胡景石詩五首，約寫於 1967、1968 年之間。其〈紀遊澳門普濟禪院花園〉頸聯云：「欄似初三彎素月，亭宜夏五挹熏風。」又〈丁未除夕〉前半首云：「玉瑞行將返舊林。古風待旦酒頻斟。週年曆臘三分日，一夜鐙懷兩歲心。」對仗精巧，音調流暢；所作多寫傷離情緒，未見佳章。

　　同集又載歐祥光詩十四首。歐字巽行，順德人。其詩多與林盛之、黎晉偉（1917-1997）、曾克耑（1900-1975）、羅尚等唱和，離亂之音，倍覺酸楚。其〈七十三生朝抒懷〉後半云：「倘容聞道休嫌晚，自笑梳粧不入時。又是秋籬花放候，七三初度愧鬚眉。」洋溢失意之情。〈僧舍談禪〉結云：「幽室茶香留我住，東林暝色接寒煙。」以景結意，表現力度。

李供林生日詩

李供林（1882-1979）是中山學林耆宿，工詩及書法，著《喬梓集》，晚居澳門松山。嘗任職國際酒店帳房，名列香港旅港清游會會員。最近葉玉超先生轉贈李供林遺作手稿三首，錄之以廣流傳。〈丙辰生朝感賦〉云：

子山去國夙同思。白雪盈頭志不移。

避世有廛容駐足，匡時無計免陳辭。

菜羹累葉深知味，菊酒今朝合介眉。

壽補蹉跎天或許，星霜五度到期頤。

此詩作於 1976 年，作者九十五歲。起句以庾信（513-581）羈留長安自況。中間二聯喻老驥伏櫪，有志難伸，菜羹菊酒，儉素自持。結尾說尚差五年，即得百歲。此詩語淺情深，未呈老態，凌雲健筆，表現壽徵。另絕句兩首，用健社銀禧三百期大雅集紀念詩箋書寫，末云：「敬希文友賜和，銘感至深。」

九五空勞百感多。天涯羈旅問如何。

月華又報秋將老，今日生辰且放歌。（其一）

去國飄蓬問所之。百年還有幾多時。

今宵有幸逢佳士，醉月壺中唱竹枝。（其二）

其一歲月空勞，一事無成，天涯羈旅，感慨殊多。其二珍惜良宵及友情，達觀自放。

李供林松山聯

李供林〈松山聯〉云：

松風徐送，正蕩胸懷，更看鏡海波光，蓮峰嵐影；

山雨欲來，且留腳步，遙聽青洲漁唱，媽閣鐘聲。

　　澳門松山亭建成於 1949 年 5 月 28 日。松濤山雨，氣韻清幽，蒼翠寧神，鳥聲悅耳。漫步空山，庇蔭風雨，遠眺煙波，流連光景。松山亭供人憩息，日夜各有佳勝。此聯虛實照應，刻劃有力。所謂「更看」、「遙聽」，純出想像，囊括了澳門四景，映襯虛筆。李供林寓居松山，獨得天地之秀，頗將當年澳門的寧靜之美，完全呈現出來。而松山聯自亦隨松山亭而永垂不朽了。

　　蕭君亮《筠園吟草》有〈李供林鄉丈惠貽《喬梓集》賦謝二首〉，載《健社詩鈔》第三集，作於 1966 年之前，頗能反映李供林晚年夫唱婦隨的神仙生活，琴臺疑指松山亭。詩云：

芳傳八葉夙欽遲。敬梓恭桑雨露滋。

當日琴臺留偉績，碧紗今籠誦仙詩。（其一）

漫說枌榆膡劫灰。神仙眷屬笑顏開。

草堂協奏壎箎樂，豹隱松山亦快哉。（其二）

李供林松山詩

方寬烈（1925-2013）《當代澳門詩詞紀事》所錄松山詩以李供林最著。李供林（1882-1979），字立屏，中山人。李仙根（1893-1943）兄。嘗任職稅務機關，戰時奉母居澳。著《怡怡草堂遊草》、《喬梓集》等。〈松山曉行〉云：

> 雨後山間氣倍清。朝曦迎我向東行。
> 丹霞似錦縫難合，碧草如茵剪未平。
> 十里風飄松子落，一池春漲水痕生。
> 相逢都是流亡客，愁聽枝頭杜宇聲。

前六句寫曉行景色，刻劃精細，丹霞松子，表現優美的意境。結聯始點出時局。〈寒夜偕姬人松山步月〉云：

> 不似年衰老，攜筇踏月行。
> 風濤高樹出，松蓋夜涼生。
> 霜到枝頭冷，雲從嶺外橫。
> 凝眸寒滿綠，翻訝犬無聲。

此詩似世外高人，氣質優雅，不染纖塵。頷聯鋪寫松山冰涼的世界，頸聯襯托月出的夜色，皆用側筆。末聯寒綠無聲，萬籟幽寂。又〈齊天樂〉「松山晚眺和季子」云：

> 秋高氣爽天無際，登山且尋詩料。遠樹飄紅，落霞散綺，水墨雲煙縹緲。雁行裊裊。映帆影依稀，鷗群輕矯。萬頃滄波，全歸眼底恣吟眺。　斜陽遙掛林杪。問歸鴉陣陣，數有多少。葉落蒼苔，水寒紅蓼。畫意詩情皆妙。閑愁可了。任兩鬢新霜，一鞭殘照。看炊煙繚繞。

季子即區季謀（1896-1998）。李供林詞不如詩，過於著意。其中「且尋詩料」、「畫意詩情」等皆屬敷衍筆調。

《當代澳門詩詞紀事》

　　方寬烈《當代澳門詩詞紀事》由澳門基金會出版，上下兩冊。〈前言〉稱他曾擬與曹思健合編《澳門詩鈔》，曹氏搜集明清兩代的作品，他則負責輯錄民國以後的詩詞。曹氏早已編成，並由潘阜民用正楷繕錄；後來移居美國，病逝後遺稿亦不見了。現在本書共蒐得作者 160 人，作品逾千首。以詩證史，亦足以反映近八十年來澳門社會的民風習俗，山水風光。香港詩詞絕不比澳門少，看來也應該有人來錄輯整理這一代的文獻了。方寬烈家藏資料極多，如果弘願發心，賈其餘勇，當是最佳人選。

　　方寬烈稱各詩來源主要是錄自藏書和友人直接間接提供的手稿創作等，至於澳門近年所編的選集或詩刊文刊已刊出者概不選入，以免掠美之嫌。可見編者的輯錄原則是以罕見的資料為主，雖然稍欠全面，卻顯得珍貴。例如汪中、陳新雄、文幸福的詩就是由我供稿的，當代詩集流傳不廣，知道的人就不太多了。此外方寬烈最矜為創獲的是廖平子（1880-1943）〈北嶺〉長詩，他家中藏有原件，別人絕不容易看到。又盧遜〈澳門吟〉原在《宇宙風》142 期刊出，據説是三十年代文學刊物所發表的第一首以澳門為主題的新詩；案聞一多（1899-1946）〈七子之歌〉中亦有澳門詩，當屬同期作品。日人永井久一郎（1852-1913）有澳門詩三首，則選自《來青閣集》。至於饒宗頤〈普濟禪院〉及藍海文（1942-　　）〈賭船〉則是編者約稿的。

港澳舟中

　　方寬烈《當代澳門詩詞紀事》按主題分類，共八十四項。除了比較各家的藝術造詣之外，還提供澳門史地掌故民風習俗等大量社會學的材料。這比按作者編排更為實用。此外本書首列「紀事內容」，方寬烈旁徵博引，細緻地描繪出八十年來澳門的市容變化。編末附錄「各詩作者簡介」，出生籍里事蹟著作等，有聞必錄。這批人很多都在香港住過，資料卻不見得好找。所以這也是一份寶貴的文學史料，將來整理香港文學時，可以追蹤線索。

　　本書首項為港澳舟中，共收廿二首作品。梁簡能〈壬午初春偕趙少昂偷渡澳門舟次伶仃洋感懷有作〉寫於 1942 年淪陷之後，詩云：「多難山川容我渡，此時生死定誰知。」寫出了濃厚的的時代感覺。方寬烈更在紀事內容中闡述了港澳客運的發展經過。

　　最早行這線的是瑞安和瑞泰兩輪，港停三角碼頭，澳泊內港碼頭，都在日間航行。1927 年有夜航的泉州號，港泊元安碼頭，澳泊十六號碼頭。1937 年泰興公司主辦賭場購新船天一號加入航線，又增購濠江和交通兩船，方便賭客。抗戰發生，廣州淪陷，省港澳所屬的金山和泰山改航澳門，而元安公司之東安和西安亦加入這航線，競爭激烈，泉州號首先減價，船票從七毫減至二毫，各輪先後互減直至虧本，各公司卒協議劃一收費，由三毫至三元。

張園與駟馬涌

　　方寬烈《當代澳門詩詞紀事》精於考證。書末附圖有黎廷榮（心齋，1901-1988）攝澳門孔教中學桐心竹圖、吳鳴「白鴿巢公園」一頁、張園示意圖、北灣示意圖等。張園位於士多紐拜斯馬路和雅廉訪馬路交界處，原為中山張仲球秀才的花園巨宅，正門面對二龍喉公園，後門靠文第士街。民初「陶社」遺老即在這裏雅集吟詠。現已拆建成為民居了。易麟閣〈過張氏園〉云：

> 泉接蓮峰雨，牆連細柳蓬。
>
> 雙鞋瓜莖露，一扇藕塘風。
>
> 日早魚登臘，年豐麥上礱。
>
> 舊來羅綺散，東閣住王充。

　　易麟閣（1902-？），鶴山人，國立廣東大學高等師範畢業法學士，嘗任澳門中德中學教員，高三班主任，據1945年度上學期教職員一覽表註錄為四十三歲。1956年任教聖約瑟中學。此詩錄自《嘯濠集》。前六句寫出二十年代張園一帶的農村景色。結聯寄寓興亡，唯以讀書自娛。

　　方寬烈又詳細考出駟馬涌即泗孟街。馮印雪（1893-1964）〈晚雨初歇同秋雪大兄步至駟馬涌荷塘〉云：

> 雨餘芒縷橫塘去，各有情懷向晚晴。
>
> 風引鳥聲娛寂寞，日斜人影伴伶仃。
>
> 石渠汩汩成孤響，荷葉田田未了青。
>
> 滿地風煙生事歇，不堪笳吹上江城。

　　馮印雪詩錄自《雪社集外詩》。詩中描寫優美的荷塘景色。方寬烈只聽說以前有一個駟馬涌碼頭。後來他在十月初五街附

近發現一個古老的路牌叫「泗孟街」，因而聯想到泗孟街原是
北灣的淺海碼頭，未填海前可泊船艇。不過沙欄仔附近一直都
是稠密的民居，很難想像二十年代搖曳多姿的荷塘風光。

北嶺和永福社

方寬烈《當代澳門詩詞紀事》又考證出北嶺在松山北，即望廈山和螺絲山之間，抗戰時搭建了很多木屋，供難民居住。1939 年，廖平子有〈北嶺〉詩卷云：

> 北嶺一泓水。涓涓流不已。我正急淪胥，何為復來此。碉樓高十丈，半復蒼煙裏。小醜偶跳樑，當然不敢跛。民族互相持，來者想難恃。古勝人以德，今勝人以技。機械倘精良，恣睢亦可喜。否則任搖移，喪亡無日矣。我久居村落，樸俗多蘭芷。時危有敝廬，庇根但葛藟。何其煙濃樹，不能攔封豕。倉皇走殊方，悽絕濠江水。江水故深深，不如此嶺隱。復我家和族，倦鳥返故里。

廖平子號蘋庵，抗戰時從廣州抵澳，手抄詩刊《淹留》擺賣，1942 年回韶關。此詩自哀身世，首句指二龍喉山泉，碉樓則為松山砲臺。前六句寫景，象徵前路茫茫。「小醜」十句寫日本侵華，以技不以德，期望科技救國。「我久」十二句寫流離之苦，遠離蘭芷之鄉，棲身蔓草之野，彷徨無助。「封豕」喻日本貪暴無已。「悽絕濠江水」情緒高亢，激蕩沈痛。結尾平收，漸趨和緩。

汪兆鏞（1861-1939）〈永福社行〉七古長歌一首，前附詳細考證。永福社俗稱大土地廟，在沙梨頭，背倚白鴿巢，前臨淺灣，現已填為平地，興建船塢木廠。汪兆鏞認為宋端宗帝昺（1272-1279）當年避元兵追擊，曾在澳門的淺灣歇息。後人建廟紀念。崖山有永福陵，二者互有關聯。

林鶴年澳門詩

方寬烈《當代澳門詩詞紀事》第二類專以澳門為抒情對象，結合歷史事件及個人遭遇，每多流離之苦。林鶴年〈二次避地濠鏡並紋〉以粵軍 1916 年與滇軍交戰及 1920 年與桂軍交戰事跡為背景。

波濤翻覆雨濛濛。海闊容人作寓公。

兩粵河山新涕淚，十年兵革舊沙蟲。

朋儕有約尋漚鳥，逆旅何心問塞鴻。

獨立蒼茫馬蛟石，前來夏暑後秋風。

林鶴年（1858-1924），廣東茂名人。曾任廣東優級師範學堂教習。著《曲江遊草》、《思居草堂詩鈔》等。林氏澳門詩佳作特多，此首充滿歷史感，悲慨蒼涼。馬蛟石原在水塘角天后古廟附近，面臨九洲洋，滄海桑田，湮沒已久。又〈丙辰二月澳門作〉云：

匆匆襆被曉寒凝。三宿浮屠感不勝。

滄海橫流莽何極，青山依舊好誰登。

亂離廢學憐童稚，飄泊無家得友朋。

絕羨年時吳墨井，清齋有味寺樓燈。

此詩寫於 1916 年，作者避難澳門，桑下三宿，不禁情生。吳歷（1632-1718）字漁山，號墨井，清代名畫家，學道三巴寺。林鶴年則住三層樓，在三巴仔附近，與古人為鄰，相距不遠。其〈三載旅居三層樓望海〉云：

樓居門設晝常關。與古為徒時往還。

客裏頻添閒歲月，夢中多有好湖山。

寒衝野鶴身逾健，浪逐浮漚意轉閒。

海闊天空無限趣，人生底事不開顏。

海角遙聞嘯夜蛟

方寬烈《當代澳門詩詞紀事》所錄澳門詩異采紛呈，各具勝境。我特別喜歡民國初年的作品，更容易令人發思古之幽情。熊嶧然〈立秋〉「民國三年時避地澳門」云：

高梧忽復傳寒意，攬景蒼茫惹客愁。

信是人間有搖落，知非吾土強淹留。

饑年隨俗聊餐豆，曉日臨窗聽賣楸。

離別早知難復合，當時悔作禦風游。

熊嶧然（1889-1942），廣東茂名人，早歲參加革命，嘗隨陳融（1876-1955）學詩。著《水鑑樓詩稿》。熊氏反對袁世凱（1859-1916）失敗，逃難澳門。頸聯稱饑年有餐豆習俗。又李耀平〈澳門偶感〉云：

鴻溝劃界限中原。折戟扰沙鐵鎖存。

習俗久為胡虜逼，匈奴豈識禮儀尊。

驅車偶過三巴寺，躡屐來遊十字門。

載酒江湖隨遣興，西風撩亂日黃昏。

李耀平（1878-？），字勤觀，廣東台山人。任職教育界，著《蘭齋詩草》。首句注稱「時高而謙奉召詣澳門與葡人劃界」，守國無人，亦寓江山搖落之感。歐陽韶〈初抵馬交感賦〉云：

醉倚紅樓首獨搔。又隨梁燕並辭巢。

西風樽俎誇鱸膾，南國江山極馬交。

劫外有村容賃廡，人間何世感懸匏。

慣從月落潮平後，海角遙聞嘯夜蛟。

歐陽韶（1881-1962），順德人。著《聽蟬吟室詩詞》。此亦避難之作，結句固作不平之鳴。

南灣步月

　　澳門南灣至西灣的海堤有一列綿延無盡的榕樹，綠蔭載道，搖曳波光，晨曦月夜，寧謐柔和，這是澳門最迷人的海色。現在南灣和西灣已分隔為兩個臨海小湖，榕樹也飽受病蟲侵害，凋零殆盡。後人大抵只能從詩詞中領略湖山勝境。方寬烈《當代澳門詩詞紀事》輯錄了三十年代雪社的南灣詩，佳人才子，風韻翩翩。馮秋雪〈晚步南灣見天際朱霞紅入水中，水天皆作玫瑰色，豔麗無雙，佩賢連城囑余詩寫之〉云：

> 晚霞淡淡好於羅。一抹蒼山水不波。
>
> 絕似美人春睡重，枕痕紅豔入修蛾。

　　馮平（1892-1969），號秋雪，廣東南海人。戰時在澳門創辦佩文學校。著《秋音集》、《水珮風裳集》、《宋詞緒》等。馮平詩以身畔的美人比擬海色，寫出了豔光和濃彩。其妻趙連城（1891-1962）〈南灣步月〉云：

> 綠樹彎環宛似眉。清霄雪淨步遲遲。
>
> 堤前流水天中月，一路隨人不肯離。

　　趙連城詩清和靈慧，水月含情。又周佩賢〈南灣步月〉二首則流露出幽寂淒清的感覺。

> 待月南灣月正圓。金波瀲灩悵流年。
>
> 姮娥天上團圞好，知否人間有謫仙。（其一）
>
> 月華如水步遲遲。堤樹婆娑鬢易絲。
>
> 此夕清輝應共惜，滿身風露在江湄。（其二）

　　周佩賢號宇雪，中山人。四十年代移居夏威夷。又劉君卉（草衣，1892-1976）亦詠二首，其一云：

> 煙波縹緲復彎環。良夜清遊獨往還。
>
> 儂與姮娥俱耐冷，一天風露過南灣。

白鴿巢與賈梅士

澳門白鴿巢公園原是沙梨頭村上的鳳凰山，古樹參天，奇石層疊。1553 年葡國詩人賈梅士（Luís Vaz de Camões，1524-1580）抵澳，並在石洞中完成他的長詩〈葡國魂〉。十七世紀葡國富商馬癸士（Lourenco Marques，?-1787 也住在這裏，養了很多白鴿。逝世後捐獻給政府，改為公園。方寬烈《當代澳門詩詞紀事》首先輯錄了日本永井久一郎〈澳門過葡國詩人嘉莫意舊居〉詩云：

東西音異趣相同。落拓天涯作寓公。

路入茂林修竹裏，一龕遺影見高風。

永井久一郎（1852-1913），原名井禾原。留學美國，任職文部省。著《來青閣詩》。他曾經來澳訪尋日本文化的遺蹟，得詩三首。此詩起調高挺，恢宏博大。又汪兆鏞〈登白鴿巢山亭〉云：

海上波濤望無涘，天涯旅泊更何之。

獨尋亂石叢篁處，誰遣寒蕪落日時。

飛鳥冥冥迷向背，臨崖了了有安危。

餘生判就山中老，欲折蠻花意自遲。

汪兆鏞（1861-1939），字伯序，號憬吾、慵叟、覺公等。廣東番禺人。著述甚豐。此詩見《微尚齋詩》，山亭原是賈梅士石洞的外景，後來毀於颱風。此詩借異國詩人的遭遇寫國變後的悽惶感覺，中間二聯全用象徵手法，折射出迷惘、疑懼的內心世界。末聯蕭條異代，引為同調。其兄汪兆銓（1859-1929）《萇楚軒詩》和韻慰之，末云：「欲採蘋花誰與寄，美人天末思遲遲。」

褪色的長城

方寬烈《當代澳門詩詞紀事》以舊詩詞為主，兼採新詩，得廿九首。其中韓牧（1938-　）十二首、梁秉鈞也斯（1949-2013）五首、鄭煒明（1958-　）四首，其他八首。新詩比較靈動，思想發揮的空間也多。韓牧〈尋圍牆遺跡不獲〉由路名引發聯想。

古地圖裏有褪色的一線／

是石砌的圍牆／

你建築圍牆的目的是為了拆卸／

你拆卸／

為了建築一道更北的圍牆／

我們還找甚麼呢／

地球上所有的圍牆都必將拆下／

折下的磚石　改砌橋樑／

圍牆　或者鐵絲網／

祇是古地圖裏褪色的一線／

韓牧原名何思摝，澳門人。澳門媽閣左邊有一條街叫萬里長城，這是明末葡人圍繞著西望洋山所築的城牆，清初早已拆去。韓詩前段寫城牆建了又拆，其實只是向北擴展土地。後段借題發揮，指圍牆並不能鞏固統治，所以也就在古地圖裏留下褪色的線痕。鄭煒明〈觀音堂觀秋觀螢觀自在記〉云：

晚鐘敲響斜陽的禪機／

僧禱的餘音漸遠／

我買棹歸來，徘徊尋思／

大海流轉於彩霞裏／

悲無量筏也無量／

而世法／

原來在雙手中／

落花之瓣與紅葉／

靜臥；廡廊留影的時候／

恰有一頭螢火蟲／

隨微風飛近／

隨深秋／

飛入／

蒼涼的古寺／

　　鄭煒明的題目結合秋色和佛理，引人入勝。先是觀音堂溶在蒼涼的暮色當中。詩人將海霞帶入無量劫中，渡盡了紅塵。螢火蟲象徵修成正果，悟得自在的境界。

濠鏡十景

　　乾隆八年（1743），印光任（1691-1758）首任澳門海防同知，駐前山寨，屬廣州府管轄。印氏有《濠鏡十景》五律十首，載《澳門記略》，大約作於乾隆十六年（1751）之前。書中十景為南灣浴日、蓮峰夕照、濠鏡夜月、青洲煙雨、望洋燈火、雞頸風帆、橫琴秋霧、雕樓春曉、三巴曉鐘、蘭寺濤光。前七項為四季風光及自然景觀；雞頸即氹仔，與橫琴二島皆在海上，跟澳門遙遙相對。雕樓乃西洋房屋建築群，三巴寺即今牌坊遺址，蘭寺乃加思欄教堂；後三者富於異域色彩，特別吸引了這位中國官員的注意。〈雕樓春曉〉云：

　　何處春偏好，雕樓曉最宜。

　　窗晴海日上，樹暖島雲披。

　　有戶皆金碧，無花自陸離。

　　坡仙應未見，海市道神奇。

　　印光任描寫當時西洋房屋云：「屋多樓居。樓三層，依山高下，方者、圓者、三角者、六角、八角者、肖諸花果狀者，其覆俱為螺旋形，以巧麗相尚。垣以磚，或築土為之，其厚四五尺，多鑿牖於周，垣飾以堊。牖大如戶，內闔雙扉，外結瑣窗，障以雲母。樓門皆旁啟，歷階數十級而後入，窈窕詰屈。」

《澳門八景》

　　澳門於 1992 年成立了「澳門八景評議會」，公開徵求最佳的景點及景名。其後又分別徵集澳門八景的攝影、美術、散文、詩詞、新詩、楹聯及紀念郵票設計等優秀作品，編成《澳門八景》一書。1994 年 6 月 22 日假盧廉若公園舉行澳門八景作品展暨頒獎典禮，確立澳門最新的城市形象及文化彩色，表現澳門精神，推廣健康的旅遊事業。

　　《澳門八景》資料翔實，圖片精彩，從不同角度刻劃澳門之美，意象一新。書中有關澳門八景的詩詞作品亦多，大抵都以成組作品出現，可惜良莠不齊，水平參差。如果能夠在八景中寫出一兩首比較清新悅目的作品，也就不錯了，很難要求八景都是佳作。我想最好按八景分別選取三、四首佳作，才能畫龍點睛，顯出精神。有些應制之作，例如「錦繡河山欣一統，中葡友好譜新篇」之類，熱情洋溢，殆同口號，早就該刪除了。有些作品連平仄押韻都錯，更加不應入選，例如「遍麓蒼松迎風舞」、「南歐韻味此處多」之類，絕對是不合格的作品，魚目混珠，令人討厭。

鏡海長虹

鏡海指澳門、氹仔之間遼闊的海面，為十字門古航道之一，晴空朗日，波平似鏡。當年有兩條大橋橫跨海上，現已增為三條，連同珠海環琴一條，共有四條。故詩中白天為雙虹，晚上則成鵲橋，接通天漢，逗人遐想，波瀾壯闊，當為澳門八景中第一。寫這類作品，應該重視構形，發揮想像，表現氣勢，反映現實。有些無關痛癢的話，例如「海韻潮音迎遠棹，笙歌食肆酒盈觴」之類，可免則免，有所剪裁，更見精煉。

在《澳門八景》書中，其中鏡海長虹寫得比較好的，應該首推馮傾城（1975- ）了。詩云：

遠岫浮雲淡，澄波濯翠薇。

長虹天際落，日暮海鷗飛。

畫面清淡，句句落實，尤其是四個動詞都用得恰到好處，就這樣構成一幅脫俗出塵的畫面了。其〈憶江南〉詞「月映波心輝玉宇，人行橋上近蟾宮」兩句改寫夜色，亦得想像之妙。

陳易前四句云：「汪洋搖出島芙蓉。精衛消魂化白虹。玉帶張天量海尺，練珠影鏡合歡龍。」麗典工筆，鉤勒出神，惜下半首力弱不振。又馮剛毅（1944-2020）「迢遞玉樓星下現，玲瓏鐵骨霧中尋」、羅金鳳「指點雙橋燈火裏，恐龍骨架燦星河」二首，構形亦佳，值得一讀。

媽閣紫煙

　　媽祖閣原名天妃宮、正覺禪院，建於明成化年間，已有五百多年的歷史了，比澳門開埠還早，隔河與珠海的灣仔市區相望。廟中香火鼎盛，紫煙祥和，天后娘娘為眾生消災解困，自然也是澳門的守護神了。媽閣廟是澳門城區世界遺產二十五景的起點，從媽閣往上走的小路叫萬里長城，附近即有港務局大樓、亞婆井前地、鄭家大屋三個著名的景點，中西景色兼備，發思古之幽情，亦足以消磨半日了。

　　南閩浮來一炷香。濃熏蠔壔破蠻荒。

　　樓房鱗比成生聚，江海合流匯萬商。

　　鑼鼓旌旗開社戲，舟車水陸頌神觴。

　　珠塵蜃氣煙飄瓦，拜廟華夷夜未央。

　　陳易詩中的「閩」字古讀低平，但現在一般都讀低上，嚴格來說便不合律。此詩首聯先說閩僑遷居澳門的歷史，帶出一片洪荒世界。次聯澳門城市的興起，三聯水陸法會神功戲謝恩。末聯由媽閣的紫煙聯想到珠塵蜃氣，海色迷幻。此詩將古典傳說和民俗信仰結合為一，氣氛幽秘，意味深長。

　　宿雨將消盡，天開萬里明。

　　巍峨新廟貌，繚繞紫煙生。

　　掃石尋佳句，探幽覓古情。

　　名巖人仰處，我欲駕雲輕。

　　鄭存耀詩則描寫媽閣的幽境，直探名巖絕頂，脱略塵俗，自然是另一種寫意手法。其他譚任傑（1935- ）、馮傾城、鄧崇岳（步峰，1941- ）諸作亦堪稱佳作。鄧崇岳詩「人間尚見風波惡，怪道林梢繞紫煙」，可賦新解。

三巴聖蹟

　　大三巴牌坊是澳門的標誌，原名聖保祿教堂，多次遭遇火災，屢毀屢建。1637 年建成，1835 年再度焚毀，僅留下巋然一壁，屹立不倒。牌坊前壁畫面共分五層：頂層開天闢地，象徵創造；第二層耶穌降生，象徵救贖。第三層教會的任務，其中七頭蛇下有「聖母踏龍頭」五字，旁有對聯云：「念死者無為罪，鬼是誘人為惡。」象徵洗脫原罪，克服淫邪誘惑；第四層耶穌會的工作；底層的拱門上方刻有天主之母聖堂的拉丁文名字 Mater Dei。而外牆的基石尚刻有 1602 年的拉丁文碑記。山上的大砲台原是祭壇，位於澳門中央，可以俯瞰整個城市。牌坊右側比鄰有一座哪吒廟，建於 1888 年，瑟縮於舊城牆的腳下，尤能表現出澳門宗教共融的特點。廟前有對聯云：「何者是前身，漫向太虛尋故我；吾神原直道，敢生多事惑斯民。」似跟聖母聯相互呼應，佑民護土，各顯神通。從哪吒廟往下走，名叫戀愛巷，這是一條充滿葡色風情的小巷，亦負盛名，來訪者絡繹不絕。

　　三巴聖蹟諸詩一般都寫不出宗教氣氛，大抵多以火劫斜陽為喻，只能表現低沈的懷古情緒，例如「喜見河山還我日，牌坊炮壘兩依依」，或「洋僧何處去，殘壁夕陽斜」等，似乎都沒有明天，未免流於空洞了。鄭存耀詩云：

暖暖初生日，沿階可拾蹤。

壘高猶臥炮，風靜不聞鐘。

隧遠誰能探，壁餘尚有容。

巋然長不倒，天地與秋冬。

「暖暖」疑或為「曖曖」。鄭詩把握牌坊的歷史，寫出秋冬

蕭殺的景色。又馮剛毅〈後庭宴〉云：

四百天風，三巴海雨，夕陽斜照多碗礴。火餘赭壁尚歸
然，黃昏將近迴光在。　倩誰為覓蕃僧，春色炮臺堪待。
鳳凰花豔，丹渥千千蕾。花雨灑濠江，胸中消磊塊。

馮剛毅詞上片只是一般的感傷，下片則專寫炮臺紅雨，楹
樹花開，帶來爛漫的彩色，別開新境。此外謝翼雲、李國俊、
許庚源諸作也算是較佳的作品了。

普濟尋幽

　　普濟禪院俗稱觀音堂，創建於明天啟年間，規模宏大，景物清幽，歷來就是反清志士及嶺南畫家的相聚之地。又園中石桌乃 1844 年中美簽訂「望廈條約」之處，當年連理樹也是一景，現已枯萎。陳易詩場面壯闊，可惜結尾筆力稍弱。

　　碧血袈裟裹劍吟。禪房燈火攝雄心。

　　烽煙淨土山門掩，畫伯詩僧筆墨森。

　　回顧風雲人事代，百年樹木歲華侵。

　　悠悠鐘鼓梵音起，善信拈香訴願深。

　　馮剛毅〈蝶戀花〉詞也是寫歷史的，音調圓轉，一氣呼應，整體表現甚佳。至於他的詩作則只是平穩而已，稍欠精光魅力。

　　大汕禪師開寶剎。四百星霜，異士思飛發。畫屋琴臺雖灑脫。反清夙志堅凝鐵。　花掩空庭人望月。古寺深深，曲徑驚埋沒。竊念高師春睡歇。風騷復與何人說。

　　大汕禪師（1613-1705）又號石濂，以禪通藝，工詩善畫，曾擴建澳門的普濟禪院。高師即高劍父（1879-1951），創辦春睡畫院，嶺南畫派的創始人之一。其他陶里（危亦健，1937-　）「殿繞輕煙僧舍靜，飄紅過院護禪苔」二句，詩心細密。謝冠偉「修來慧界空諸界，廣種福田結善緣」，則見悟境。又羅金鳳「結伴來尋連理樹，暗將芳願許心頭」、馮傾城「連理園中猶有樹，小姑身畔尚無儔」等，自然就是觸景生情了。

燈塔松濤

　　松山海拔九十餘米，是澳門的最高點，珠江口的壯麗景色，盡收眼底。燈塔建於 1865 年，後毀於颱風，1911 年重建。山上還有聖母雪地殿教堂及炮臺，松濤翠浪，韻意清幽。近年在教堂維修時發現牆上還有舊壁畫，可供觀賞。

　　燈塔松濤的佳作不多，大都流於空泛，未能寫出特點。例如「一枝火棍夜空明」，用詞俗濫；「百里長燈照此方」，則迷失了方向；「無限錦鱗歡月照，雙雙擺尾逐船航」，殆同夢囈；「鶯歌雕閣闊，燕舞綠波邊，歸雁海陲懸」，則堆砌可厭；「保衛四周方向」，殺氣太大；「惹遊子、探訪觀光」，不成詞語。採錄太濫，索然無味，亦非讀者之幸。集中較佳者推馮剛毅及陳易二詩。

　　拔地崗巒勢獨翹。登臨縱目覺高標。

　　青山隱隱浮三島，綠水迢迢聳二橋。

　　百載蕃船歸有道，一燈聖母自相招。

　　海濤更與松濤疊，陣陣聲聲湧激潮。（馮剛毅）

　　四百年來值夜空。上連星斗下溟濛。

　　橫流不改明燈志，孤徑尚留國士風。

　　客夢滿城光轉影，春秋過眼浪吹松。

　　遙觀鼎革乾坤換，古塔望洋海日東。（陳易）

　　馮剛毅詩結構平穩。陳易詩形象傑出，惟四百年之說失實似誤，而第四句「孤徑尚留國士風」亦犯孤平。

盧園探勝

盧廉若公園原稱娛園，始建於 1904 年，融蘇州園林與嶺南風格為一，為澳門名園。1912 年，孫中山訪澳三天，即居於盧園春草堂中。1973 年由政府收購，翌年重修後開放。

盧園探勝自屬中國文人的擅長，寫來駕輕就熟，隨意揮灑，點染多姿，然而有時也容易流於滑調。集中佳作較多，可能難分軒輊。例如許庚源詩想像力佳，描寫細膩。

開到紅蓮似落霞。垂絲細柳障輕紗。

近亭疊石堆螺髻，淺水游魚唼落花。

譚任傑詩荷香清列，一片幽姿。詩云：

探勝盧園為賞荷。清涼世界溢香多。

迴廊曲徑通幽處，陶醉園林半日磨。

陶里詩梁園垂釣，似有所求。詩云：

竹秀荷香四季同。通幽曲徑步從容。

垂竿水閣求何物，但釣梁園一瓣紅。

李國俊絕句八首，善於捕捉景點，音調流暢，發揮想像。

蝶戲池荷柳拂煙。假山錯落下流泉。

半巖瀑布神仙窟，曲檻風荷別有天。

此詩流連光景，意象紛繁，惟疊用兩「荷」字，尚可斟酌。

龍環葡韻

　　龍環即龍頭環,乃氹仔島上地名。氹仔後背灣的淺灘長滿了一大片野生的紅樹林,魚鳥棲息其間,悠然自樂。沿著岸邊古老的碎石馬路上去,有一片小花園,還有一座嘉謨聖母堂,1885 年建成。往前就是一列五座的葡式建築,1921 年建成,掩映於綠蔭叢中,極富歐陸情調。龍環葡韻是氹仔的新景點,充滿異域色彩,值得一遊。

　　龍環葡韻的詩詞作品以自然取勝。例如羅金鳳〈憶江南〉云:「百棟洋房疑是畫,一林灌木正含丹。」又酈敬豪詩:「洋樓幾角斜陽裏,襯映低迴水鳥間。」陶里詩:「出海紅林白鷺飛,玲瓏小築映斜暉」等,都能刻劃出龍環的韻意。譚任傑詩則渲染熱鬧的氣氛。

　　衝浪沙鷗水繞丘。樓臺葡韻築灘頭。

　　鳥啼花鬧怡情性,春滿龍環景物幽。

　　馮傾城詩如出水芙蓉,不染人間雜色;閒閒幾筆,也就寫出了五言詩一股空靈澄澈的美。詩云:

　　素羽翔天畔,紅林佇海涯。

　　灣圓洋墅靜,葡韻美如詩。

　　詩重洗煉,馮傾城詩前三句自然鋪敍,似不著意;末句結情恰到好處,以拙筆表濃情。

黑沙踏浪

　　黑沙位於路環島上，古稱大環，是一個天然美麗的海灘，沙細而黑，故名。岸上有一大片木麻黃樹，平原廣袤，綠意盎然；無論郊遊戲水、揚帆踏浪，都能帶來很多歡趣。在澳門八景中，獨具一股粗獷的美。沙灘入口的巴士站有一座獅子亭，建於 1973 年，亭中石碑刻有〈獅子亭記〉，黃坤堯撰文，林近（1923-2004）書寫。又黑沙旁邊還有龍爪角海岸徑，面對浩瀚的南中國海，黃崖碧浪，海潮澎湃，怪石嶙峋，惟肖惟妙。這裏具有赤壁之戰的氣勢，由於距離厓門亦近，宋元海戰的壯烈場景，恍惚再現。

　　黑沙踏浪佳作較少，多未愜意，也許戲水充滿動感，不大好寫。其中專寫黑沙形相者有米健（1957-　）「掠過銀花萬點金」、周元良「且看近墨千層浪，卻似催詩一片雲」、李國俊「極目光芒千萬道，一輪紅日湧金盤」、陳易「腳印烏金沙粉幼，浴浮白練浪山森」等。至於馮傾城〈憶江南〉詞「敢趁青春欺水鳥，欲將遐想付沙鷗」，則借題發揮，張揚個性。其整體渾成者有鄭存耀詩：

> 碧落遙遙下，漫漫不見涯。
> 如何濤近岸，急趕雪如花。
> 去處沙還軟，來時思轉遐。
> 願郎情意足，不盡浪淘沙。

　　前六句專寫海色細沙，末聯急轉，借古意以抒歡愛，情懷爛漫。又馮剛毅〈錦帳春〉詞上片：「翠蓋搖風，素裳舒練。報春水盈灣初滿。黑沙平，金日嫩，訝冰膚初見。雪花輕濺。」則充滿了擬人的誘惑情態。

融和門

融和門位於西灣媽閣咀對開的海面上，遙對十字門及橫琴島，緊握珠江的河道，有一條小路跟澳門相連。融和門是由兩座反U形高四十公尺的大理石建築物組成，有點像簡體的「門」字。這兩座門作垂直嵌入狀，遠看欲斷還連，近看才知道是分開的。隨著角度的轉換，也就構成了不同的姿態。晚上射燈從四面八方射上去，映在漆黑的海面上，遠遠就可看見，惹人注目。射燈溫度很高，像一個火盆似的，飛蛾撲火，固然會把牠們烤熟；有時海風吹過，也會化成蒸氣，輕搖款擺，婀娜多姿。周圍海堤上情侶亦多，臨風擁吻，旁若無人，難免也會挑起逝去的回憶。拙作〈西江月〉云：

十字橫琴鎖鑰，西灣圍海成湖。風雲閒過自舒徐。天柱高標南浦。　莫點硝煙惹恨，漢葡唇齒依扶。劫波渡盡結丹荑。更望融和今古。

融和門是用來取代南灣的銅馬像的，銅馬上的阿馬留（Comandante João Maria Ferreira do Amaral，1803-1849）總督曾經殺害了很多中國人，被沈志亮等襲擊處死。現在葡國人已把銅馬運走了，改建為融和門，希望漢葡兩族以後能和睦相處，淡化歷史的硝煙。

本創文學49

詩意空間

作　　者：黃坤堯
責任編輯：黎漢傑
法律顧問：陳煦堂 律師

出　　版：初文出版社有限公司
　　　　　電郵：manuscriptpublish@gmail.com

印　　刷：陽光印刷製本廠

發　　行：香港聯合書刊物流有限公司
　　　　　香港新界荃灣德士古道220-248號
　　　　　荃灣工業中心16樓
　　　　　電話 (852) 2150-2100 傳真 (852) 2407-3062

臺灣總經銷：貿騰發賣股份有限公司
　　　　　地址：新北市中和區中正路880號14樓
　　　　　電話：886-2-82275988
　　　　　傳真：886-2-82275989
　　　　　網址：www.namode.com

新加坡總經銷：新文潮出版社私人有限公司
　　　　　地址：71 Geylang Lorong 23, WPS618 (Level 6), Singapore 388386
　　　　　電話：（+65）8896 1946 電郵：contact@trendlitstore.com
　　　　　網店：https://trendlitstore.com

版　　次：2021年6月初版
國際書號：978-988-75149-9-2
定　　價：港幣98元 新臺幣300元

Published and printed in Hong Kong

香港印刷及出版